AF282880

LA MASÍA NEGRA

LA MASÍA NEGRA

Jesús Soler Tudela

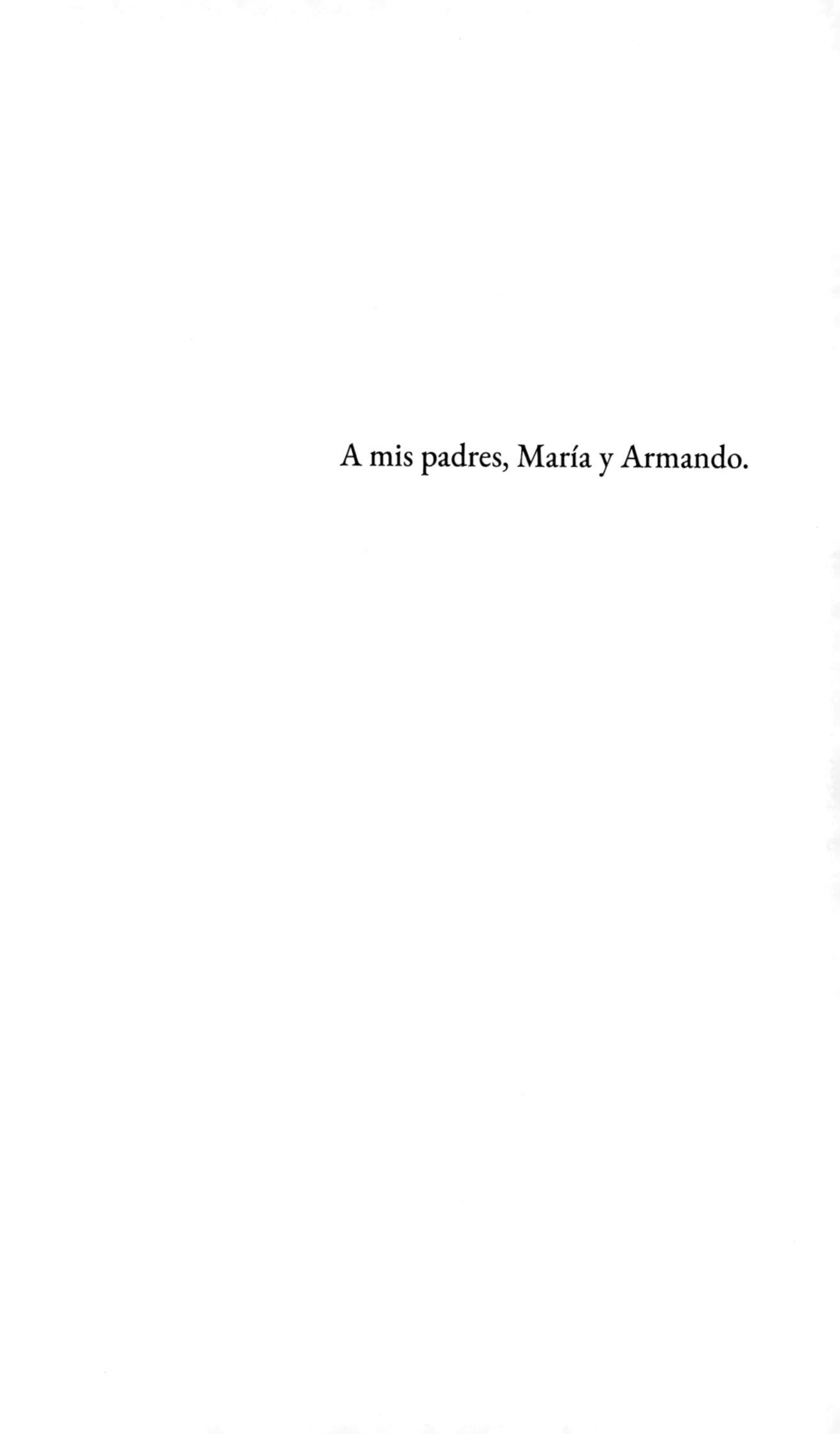

A mis padres, María y Armando.

Avanzaba hacia mí sin un sonido, sin un movimiento que pareciera humano. El aire se volvió helado, y supe, con una certeza que ningún razonamiento podía darme, que aquello no podía existir en este mundo. Sin embargo, ahí estaba, acercándose, reclamándome.

M. R. JAMES,
¡Silba y acudiré, muchacho!

I

La niña de ojos violeta

—¿Alguien puede ayudarme?

La voz era débil, temblorosa y transmitía una gran angustia. Los dos policías que estaban en la recepción sintieron un escalofrío al escucharla. Asomaron la cabeza por encima del mostrador al mismo tiempo y vieron, junto a la puerta de la comisaría, a una niña muy pálida, con el cabello revuelto, la ropa manchada de tierra y el rostro empapado en lágrimas. La observaron desconcertados durante un momento, hasta que uno de ellos, un hombre corpulento y de barriga generosa, le preguntó:

—Por Dios, ¿qué te ha pasado?

No hubo respuesta. La niña tenía dificultades para hablar a causa de los nervios y el cansancio.

La agente Laura salió del mostrador y, con cuidado, se acercó, midiendo cada paso para no asustarla. Supuso que tendría alrededor de nueve años, aunque era difícil saberlo por la maraña de cabello que le caía sobre la cara.

—¿Cómo te llamas? —le dijo mientras se agachaba a su altura.

—Sofía...

—Dime, Sofía, ¿has tenido un accidente?

La niña negó con la cabeza, intentando ahogar un sollozo.

—Para ayudarte, necesito que me expliques lo que ha pasado. Ahora estás a salvo con nosotros y no tienes nada que temer.

—Yo he podido escaparme, pero Hugo sigue allí —murmuró con la voz entrecortada.

—¿Quién es Hugo?

—Es mi mejor amigo. Nos sentamos juntos en el colegio.

—¿De dónde has escapado?

—De la Masía Negra...

—¿La Masía Negra? —repitió el policía corpulento, sobresaltado tras escuchar ese nombre—. Está prohibido ir a ese lugar. ¡Es muy peligroso!

—Lo siento. Mis padres se van a enfadar mucho, ¿verdad?

—Estoy segura de que a tus padres solo les importa que estés bien. No le hagas caso a mi compañero y, por favor, sigue contándome —dijo Laura a la niña en un tono tranquilizador.

Con delicadeza, en un gesto casi maternal, le apartó el cabello de la cara. Fue en ese momento cuando pudo ver lo especiales que eran sus ojos: tenían un color violeta inusual y muy llamativo, resaltado por el brillo de las lágrimas. Parecían dos amatistas que relucían preciosas en medio de un rostro angustiado.

—Hay un agujero en el muro de piedra que rodea la Masía Negra —explicó Sofía—. Los chicos mayores del colegio hablan a escondidas de ese agujero; dicen que solo los más valientes se atreven a cruzarlo... Solo queríamos que dejasen de tratarnos como a unos pardillos. Por eso, hace un rato, hemos entrado Hugo y yo. Pero no somos unos gamberros, de veras.

—Lo entiendo. No te preocupes.

—Nos hemos acercado a la casa, escondidos entre los naranjos, solo para verla desde lejos y hacer unas fotos con el móvil. Así tendríamos pruebas. De repente, ha aparecido un hombre muy raro. Caminaba a trompicones, como si estuviera borracho, y tenía una cicatriz en la mejilla. No sé por qué, ha empezado a perseguirnos mientras gritaba insultos y amenazas.

Hizo una pausa para recuperar el aliento. La angustia le oprimía el pecho y le costaba respirar. Se dio tirones en el pelo a causa de los nervios, pero las caricias de Laura la ayudaron a calmarse.

—Ese hombre está loco —prosiguió—. Seguro que quería hacernos daño... o tal vez matarnos. Me he caído al suelo varias veces mientras huía por los naranjos, y casi me atrapa. Menos mal que he conseguido llegar al agujero del muro y salir de ese sitio.

—¿Y tu amigo Hugo? ¿No ha ido detrás de ti? —preguntó Laura, preocupada.

—Nos hemos separado. Creo que se ha escondido dentro de la casa. No sabía qué hacer, así que he venido corriendo al cuartel de la policía. —Se abrazó a Laura con fuerza y empezó a llorar desconsoladamente—. ¡Tenéis que encontrarlo!

El comisario bajó a la recepción justo a tiempo para escuchar lo ocurrido. Tras conceder unos momentos a la niña para desahogarse, se acercó a ella con una expresión tensa. Siempre iba impecable como un ejecutivo, con el uniforme bien planchado, las gafas limpias y los zapatos relucientes. Al igual que sus compañeros, solía llevar la gorra colgada del cinturón.

—Hola, pequeña. Soy el comisario Ferrer, estoy al mando de esta comisaría y te prometo que vamos a encontrar a tu amigo.

La niña lo miró con los ojos encharcados, mostrando una ligera sonrisa de alivio. De repente, las piernas le temblaron, pero Laura la sostuvo con firmeza para evitar que cayera al suelo.

—Ahora mismo enviaré a dos buenos policías a la Masía Negra —le aseguró Ferrer—. Y también avisaré a tus padres. ¿Te sabes sus números de teléfono? Si no los recuerdas, puedo buscarlos en la base de datos; sería suficiente con decirme sus nombres completos.

Sofía solo pudo responder con un leve quejido; ya no le quedaban fuerzas. En ese instante, se desmayó en los brazos de Laura.

La llevaron a una habitación que había al fondo, utilizada como sala de descanso y comedor, donde siempre olía a café, y la tumbaron en un viejo sofá. Casi todos los muebles de la comisaría se veían envejecidos debido al bajo presupuesto destinado a la policía.

—Pobrecita... Ha corrido una gran distancia para llegar hasta aquí. Creo que son unos tres kilómetros. Menos mal que la comisaría está a las afueras del pueblo —comentó Laura a su jefe.

—Seguro que solo necesita descansar y recuperarse del susto, aunque tendrían que hacerle una revisión médica, por si acaso.

—Yo puedo coger el coche que hay disponible y llevarla al ambulatorio.

—Necesitamos ese coche para buscar a Hugo. Ahora mismo, esa es la prioridad. Además, tengo otros planes para ti.

—¿Y qué pasa con Sofía?

—Avisaré a los agentes que están de patrulla. Ellos se encargarán de llevarla al ambulatorio. No te preocupes, estará bien.

—De acuerdo. —Laura adoptó una expresión pensativa mientras observaba a la niña—. ¿Te has fijado en sus ojos? Nunca había visto unos ojos de ese color.

—Yo tampoco, al menos no en persona. ¿Conoces a Elizabeth Taylor?

—Me suena el nombre, es una actriz, ¿no?

—En los años sesenta interpretó a Cleopatra y se convirtió en un icono de Hollywood. Ella también tenía los ojos de un color violeta. Es una rareza hermosa que se da en muy pocas personas, y únicamente en mujeres.

El comisario Ferrer se giró hacia la entrada de la habitación y vio al policía corpulento asomado por la puerta, cuyo rostro también reflejaba una gran preocupación por la niña. Luego, devolvió la mirada a Laura con el entrecejo arrugado y le preguntó:

—¿Dónde se ha metido Antonio?

—Tenía hambre y ha salido un momento a comprar algo para merendar.

—Ah, siempre está igual. Quiero que le avises. Vosotros dos iréis a la Masía Negra. Imagino que el sujeto que ha asustado a los niños es un yonqui, y justo estaría en pleno colocón cuando se ha topado con ellos. Esos tipos tienen el cerebro quemado por las drogas y pueden ser impredecibles, así que tened mucho cuidado.

—¿Qué debemos hacer con él?

—Si es posible, quiero que lo detengáis, pero lo más importante es encontrar a Hugo y ponerlo a salvo. ¿Queda claro?

Laura respondió con un sí rotundo.

Antes de salir a la calle, se dirigió a la zona de archivos para coger la llave de la Masía Negra. Estaba guardada en una caja repleta de documentos, fotografías y papeles con apuntes, todo relacionado con ese temido lugar. Luego revisó su cinturón de servicio. Estos cinturones solían estar equipados con una pistola HK en su funda, unas esposas, una porra de cincuenta centímetros, una linterna, una navaja multiusos y unos guantes anticorte. No todos los agentes llevaban lo mismo, ya que el bajo presupuesto los obligaba a comprar parte de los accesorios por su cuenta, pero era habitual que los cinturones estuviesen muy cargados, llegando a pesar casi cinco kilogramos.

* * *

Laura entró en la panadería que Antonio solía frecuentar y lo vio conversando con una mujer mayor que parecía bastante alterada. Con casi treinta años de servicio en el pueblo, Antonio era un policía veterano muy conocido, y los vecinos solían aprovechar para contarle sus problemas. La mujer hablaba sin parar, enfrascada en un monólogo que parecía no tener fin, por lo que Laura se vio obligada a interrumpirla.

—Hola, disculpe, pero necesito llevarme a mi compañero.

—Eres la policía nueva, ¿verdad? —quiso saber la mujer.

—Sí, bueno, en realidad ya llevo dos años trabajando aquí.

—¿Te gusta el pueblo? Es bastante tranquilo, aunque siempre hay algún vecino molesto. A mí justamente me ha tocado uno. Tiene un perro que no para de ladrar, ¡no te lo imaginas! He ido a su casa varias veces para quejarme, y no sirve de nada... ni caso me hace.

—Lo siento, no podemos esperar más, es una urgencia. Después nos lo cuenta todo.

Laura y Antonio salieron de la panadería mientras la mujer seguía hablando de sus problemas, sin importarle que nadie la escuchase.

Tras el uniforme, los dos eran bastante diferentes. Laura, con poco más de treinta años, siempre había vivido en la ciudad de Valencia y estaba acostumbrada a un estilo de vida urbanita, moderno, vibrante, con muchas alternativas comerciales y culturales. En cambio, Antonio, quince años mayor, era todo un ejemplo de lugareño tradicional, para quien lo habitual era la sencillez, la tranquilidad del pueblo y la religión. Sin embargo, a pesar de que parecían de mundos diferentes, formaban un buen equipo, ya que ambos compartían una gran vocación policial. Por esa razón, el comisario confiaba en ellos para encontrar al niño.

—¿Cómo se les ocurre a esos chiquillos entrar en la Masía Negra? —preguntó Antonio, disgustado, al escuchar un breve resumen de la situación mientras se dirigían al coche patrulla—. Después de todo lo que pasó, nadie tendría que perder el respeto a ese sitio.

Subieron al vehículo, estacionado en la calle junto a la comisaría, y partieron con rapidez. No tardaron en dejar atrás el pueblo y tomar una carretera estrecha y sinuosa que discurría entre huertos de naranjos, iluminados por la suave luz de la tarde. Antonio conducía, muy intranquilo, con la sensación amarga de ir a un lugar que detestaba con todas sus fuerzas. Laura observaba el paisaje interminable de naranjales, con inquietudes revoloteando en su cabeza.

—Hace ya ocho años que se marcharon los inquilinos de la Masía Negra, ¿no? —dijo ella sin apartar la mirada de la ventanilla.

—Ocho años y casi dos meses —concretó Antonio—. Tuviste suerte de haber llegado al pueblo bastante después.

—¿Han ocurrido más problemas en ese sitio desde entonces?

—Nada grave, al menos que yo sepa. La Guardia Civil se encarga de mantener la vigilancia. Es difícil evitar que algún gamberro se cuele de vez en cuando, porque hay pocos agentes destinados en la zona y tienen que patrullar otras partes. Pero en todo este tiempo, nunca nos han informado de una emergencia.

—Esperemos que continúe así y que este incidente con los niños no pase de un buen susto.

—Seguro que has oído muchos rumores sobre la Masía Negra y, como no estuviste cuando ocurrió todo, no sabrás qué pensar.

—A veces voy al bar de la plaza a desayunar. Allí la gente habla a gritos y es imposible no escuchar las conversaciones. —Laura negó con la cabeza, sin poder ocultar su escepticismo—. Se cuentan todo tipo de historias y teorías que parecen sacadas de películas de terror.

—Es normal que la gente tenga miedo. Y te digo una cosa: si esos críos hubiesen entrado en la masía en aquellos años, seguro que ahora estarían en la lista de desaparecidos. Por suerte, echamos a los inquilinos y el pueblo volvió a ser un lugar pacífico donde los policías locales tenemos una rutina tranquila.

—Siguen quedando muchas preguntas en el aire que alimentan las fantasías absurdas. Así es difícil saber lo que realmente pasó. Tenemos que ser rigurosos con esto.

—¿Fantasías absurdas? Joder, no digas eso. Por mucho que te hayas leído los informes, no tienes ni idea de la pesadilla que vivimos por culpa de esa maldita gentuza.

—No quería ser insensible. Ya sabes que siempre trato de ver las cosas con lógica.

Laura volvió a sus pensamientos y al paisaje de los naranjales. Estaba acostumbrada a que los lugareños, desde los jóvenes hasta los ancianos, hablasen con mucho rencor sobre los antiguos inquilinos de la masía. Era un tema bastante delicado del que ella se sentía ajena. En el fondo, aún tenía la impresión de ser una extraña en el pueblo, seguramente porque no estuvo en aquellos años y no formó parte de la histeria colectiva que se produjo —y que nadie quería admitir—. Esto la hacía dudar cada vez que pensaba en mudarse al pueblo, mucho más que la falta de cafeterías modernas, tiendas y lugares de ocio. Por eso, al terminar la jornada, seguía cogiendo el tren de cercanías para regresar a su pequeño piso en la ciudad, que solo compartía con su gato Salem.

No tardaron más de quince minutos en llegar a la entrada exterior de la Masía Negra. Allí había una explanada donde aparcaron el coche, con la intención de comenzar la búsqueda del niño a pie. Laura observó el muro antiguo que impedía el acceso, levantado con piedras y arcilla hasta casi dos metros de altura, rematado con alambre de espino cubierto de óxido. Se trataba de una finca agrícola enorme, con un terreno de doscientos mil metros cuadrados, aunque la zona rodeada por el muro, donde se habían adentrado Sofía y Hugo, solo ocupaba una cuarta parte del total.

Se accedía a través de un portón metálico de rejas robustas, que en la parte superior adoptaban forma de lanza y cuyo color, de un verde apagado, se mezclaba con la suciedad. La Guardia Civil había puesto una cadena de acero para bloquear el portón y dos cintas de acordonar que formaban una equis, advirtiendo que el acceso estaba prohibido.

Con la llave que había cogido en la comisaría, Laura abrió el candado y retiró la cadena. Al empujar el portón, se escuchó un intenso chirrido. Ambos sabían que era a causa del óxido y la suciedad, acumulados durante los años en que había estado sin mantenimiento, pero aquel sonido fue tan espeluznante que sintieron un escalofrío y se quedaron quietos unos segundos, con todos los sentidos en alerta.

Entraron con mucha cautela, intentando que la cinta de la Guardia Civil se mantuviera en su sitio.

Frente a ellos se extendía un camino de hormigón que cruzaba un huerto de naranjos enorme y abandonado. Dos hileras de palmeras con aspecto moribundo flanqueaban el camino, quizá víctimas de la plaga del escarabajo picudo. Muchas habían perdido todas sus hojas, quedando reducidas a largos troncos desnudos que semejaban columnas de gran altura. Antes de avanzar, Antonio cerró de nuevo el portón y las bisagras repitieron el horrible chirrido.

* * *

Laura sintió una gota de lluvia deslizarse por su mejilla. Levantó la mirada hacia el cielo y vio las nubes grises que empezaban a acumularse, anunciando la llegada de una tormenta, lo que sin duda podría complicar la búsqueda del niño.

Nunca había estado en la Masía Negra, de modo que esperó a que su compañero avanzase primero. Cuando realizaban juntos un trabajo, solía dejar que él tomase la iniciativa, porque respetaba su mayor experiencia como agente y la autoridad que esto le otorgaba, aunque no siempre estuviera de acuerdo con sus decisiones. Sin embargo, en ese momento, Antonio permanecía totalmente quieto, observando con mucha atención el camino: al igual que la mayoría de la gente del pueblo, pensaba que aquel lugar estaba maldito.

—¿Todo bien? —le preguntó Laura.

Antes de responder, hinchó el pecho como un palomo y puso una mueca de desdén en su rostro.

—¡Pues claro! ¡Venga, vamos de una vez a por ese crío!

Finas gotas de lluvia empezaron a caer sobre los naranjos. Era evidente que nadie los cuidaba desde hacía mucho tiempo: estaban llenos de ramas secas y entrecruzadas, con un follaje muy pobre y unas naranjas pochas que colgaban con amargura. La maleza había crecido tanto que, salvo en los caminos, apenas se veía la tierra. Ante la falta de laboreo, la enorme finca agrícola había sido invadida por hierbas y matorrales.

Mientras Laura avanzaba por el camino de hormigón, con la llovizna mojando su cabello recogido en una coleta, recordó los rumores siniestros que había escuchado en el bar. Nunca les había dado importancia, sabiendo que los lugareños eran muy supersticiosos, pero ahora esas historias resonaban en su cabeza.

—El dueño de la finca sigue sin aparecer —dijo con su aire pensativo—. Espero que algún día lo encontremos; tal vez pueda darnos algunas explicaciones. Aunque es posible que haya sido una víctima a quien engañaron y que no sepa nada en absoluto.

—Ese hombre estaría harto, como muchos agricultores que conozco, de que la naranja valenciana sea tan poco rentable hoy en día —comentó Antonio—. Seguramente recibió una propuesta de alquiler, y es normal que viese una buena oportunidad económica. Dudo mucho que, a la hora de firmar el contrato, tuviera ni la más remota idea de que estaba alquilando su finca a una secta.

—¿Y no os dieron mala espina cuando se instalaron?

—Al principio solo parecían una especie de comuna hippie. Vivían aquí aislados, nunca se dejaban ver por pueblo y no causaban problemas. Durante las primeras semanas, todo fue bien y nadie tenía motivos para preocuparse... hasta que Manuel desapareció. —Antonio se detuvo unos segundos en medio del camino y recordó con una mueca de odio—. Era un buen hombre. Nuestros hijos iban juntos al colegio...

—Parece increíble que no apareciera ni una sola pista concluyente, ni de Manuel ni de los otros desaparecidos, a pesar del trabajo conjunto de la Policía Local y la Guardia Civil.

—Al final los encontraremos. Aunque, después de ocho años, mucho me temo que solo servirá para darles sagrada sepultura.

—Es comprensible que el pueblo se llenase de confusión y miedo.

—Si hubieses visto el caos que tuvimos en la comisaría. Siempre estaba abarrotada de personas que venían a hacer preguntas, quejarse, poner denuncias o contar cosas de lo más extrañas. Los vecinos estaban muy alterados, ¡y con toda la razón! Desde que llegó la secta, nueve personas desaparecieron sin dejar ni rastro... ¡No sabes cuánto odio a esos malnacidos!

—Por suerte, lograsteis la orden judicial para echarlos, gracias a la fuerte presión popular —añadió Laura, sin admitir que le parecía una resolución precipitada. Era más estricta con los reglamentos que su compañero y no podía pasar por alto que, aunque culparon a los miembros de la secta de numerosos delitos, no se pudo demostrar que hubiesen cometido ninguno.

Su visión rigurosa y escéptica le ayudaba a mantener la calma en ese momento, sin dejarse intimidar por los rumores sobre fenómenos sobrenaturales. Antonio, en cambio, miraba nervioso a su alrededor, como si temiera que algo oculto entre los naranjos estuviese a punto de revelarse. Sin embargo, cuando el camino de hormigón terminó y la Masía Negra apareció ante sus ojos, ambos se sintieron igual de sobrecogidos.

Era un edificio del siglo XVIII, con una superficie de mil quinientos metros cuadrados divididos en dos alturas. Su tamaño era comparable al de una mansión, pero con un aspecto menos suntuoso y más rústico, propio de una casa de campo señorial. El paso del tiempo había decolorado sus paredes de piedra y sus ventanas acumulaban tal cantidad de polvo que no dejaban ver el interior. Un caserón antiguo y con un aire melancólico que, al contemplarlo con atención, parecía devolver la mirada, provocando una molestia profunda de la que resultaba difícil desprenderse.

Los vecinos del pueblo le habían dado el nombre de Masía Negra —nombre que no tenía nada que ver con el original— porque estaban convencidos de que, tras la llegada de la secta, el edificio se había convertido en un lugar maligno. Nadie consiguió averiguar de dónde procedían ni qué religión profesaban los nuevos inquilinos. Sus creencias fueron siempre un misterio irresoluble que dio pie a muchas teorías. La mayoría de los lugareños, incluido Antonio, no dudaban en afirmar que eran adoradores de Satán, aunque también había quienes los acusaban de realizar ceremonias vudú u otros rituales ancestrales. Pero todos coincidían en una misma cosa: era una secta depravada con intenciones ocultas y maliciosas.

El registro que hizo la Guardia Civil no sirvió para aclarar las teorías, ya que los inquilinos vaciaron la casa por completo antes de marcharse. Lo único interesante que encontraron fueron unas inscripciones pintadas en algunas paredes. La mayoría estaban hechas con una escritura jeroglífica desconocida, aunque también podían leerse fragmentos en castellano, donde se repetía un mismo nombre: *Los Siervos de Arabyssel.*

Después de la turbación inicial que les causó encontrarse frente al lúgubre edificio, Laura y Antonio sacudieron sus mentes para recuperar la serenidad. No podían olvidar que eran dos policías con la misión de encontrar a un niño, que sin duda estaría aterrorizado. Se adentraron en un pequeño jardín que llevaba al portón de la entrada. Tiempo atrás, el jardín adornaba la fachada con plantas ornamentales, pero ahora estaba cubierto por una maraña vegetal, de la que sobresalían dos altos cipreses. Entre la densa maleza, se podían distinguir varias esculturas con aspecto de animales antropomórficos, que parecían vigilar con desconfianza a los agentes.

Comenzó a soplar un viento fuerte y racheado que agitaba las copas de los cipreses y producía un silbido intenso, semejante a un lamento fantasmagórico. La tormenta estaba cerca y el sol se ocultaba poco a poco tras nubarrones grises, lo que atenuaba la luz del lugar como si estuviera anocheciendo, a pesar de que el reloj todavía marcaba las seis de la tarde.

La altura de las hierbas que crecían en el jardín no impidió que los dos policías avistasen una zona de vegetación aplastada, en la que había manchas de un color rojizo. Por su tono brillante, parecían salpicaduras recientes de sangre. Se asomaron con cautela, observando desde la distancia, pero no tenían suficiente visibilidad.

«¡Hugo!», pensó Laura con el corazón en un puño.

Se abrieron paso a través de la vegetación, tan densa que apenas dejaba espacio para penetrar en ella. Después de llenarse los uniformes de rasguños, llegaron al lugar y descubrieron, conmocionados, un cuerpo humano que yacía en el suelo. A pesar de la hierba y la penumbra, podía verse claramente que no era Hugo —para alivio de los agentes—, sino un hombre desconocido. Por su complexión delgada, su aspecto desaliñado, sus afecciones en la piel y su gran cicatriz en la mejilla, dedujeron que se trataba del yonqui que había asustado a los niños.

—¡Madre mía! ¿Qué demonios ha pasado aquí? —exclamó Laura.

Antes de responder, Antonio se santiguó frente al cadáver.

—Fíjate... lo han asesinado de forma brutal, justo aquí, en la Masía Negra. No creo que sea una coincidencia. Seguro que los culpables tienen algo que ver con esa maldita secta...

—¿Qué hacemos? Esto es muy grave. —Laura prefirió no decir en voz alta que sí pensaba en una terrible coincidencia.

—Hay que informar a la Guardia Civil y esperar a que lleguen.

—Entiendo que ellos tienen que ocuparse del asesinato, pero ¿qué pasa con Hugo? ¿Y si corre peligro? Nuestra misión es encontrarlo y ponerlo a salvo.

—Es mejor esperar refuerzos y no precipitarnos. —Antonio miró a su alrededor con gran inquietud—. Este asesinato es muy reciente. Quien lo haya hecho podría seguir cerca.

Cuando salieron de la maraña vegetal, el veterano policía se dirigió de nuevo al camino de hormigón. Quería regresar al coche patrulla y dar aviso del asesinato, pero a los pocos pasos se dio cuenta de que Laura no iba a su lado; se había quedado plantada frente a la puerta de la masía.

—¿Qué haces? —le preguntó—. Tenemos que darnos prisa.

—Voy a buscarlo —aseguró ella con rotundidad—. No puedo quedarme ahí de brazos cruzados mientras me consume la preocupación.

Antonio suspiró. Sabía que cuando su compañera tomaba una decisión con esa firmeza era imposible hacerla cambiar de opinión.

—Bueno, está bien, entraremos en la masía y echaremos un vistazo rápido, pero prepárate por si hay que desenfundar la pistola. Nunca nos hemos enfrentado a un asesino.

La tormenta se situó sobre la finca y la cubrió con un manto de nubes densas y ennegrecidas. Tras escucharse varios truenos distantes, un rayo amenazador cruzó el cielo e iluminó fugazmente el cadáver, cuyo rostro desfigurado, limpiado por la lluvia, reflejaba una muerte violenta y espantosa.

II

Huellas en el polvo

El portón de la entrada estaba hecho con dos hojas de madera maciza de roble, adornadas con cuarterones y grandes clavos de forja. Todavía se conservaba en buen estado, a excepción de la cerradura. La Guardia Civil la forzó durante un registro después de que la secta se hubiese marchado, lo que permitía entrar sin necesidad de llave.

Cruzaron el portón con sigilo y accedieron a un vestíbulo de gran tamaño, presidido por una amplia escalera que llevaba al piso superior. No quedaba ni rastro de los muebles ni de los cuadros que en el pasado deleitaban a los visitantes. Vacío, oscuro, perturbador, el vestíbulo parecía ser la entrada a un mundo tenebroso.

La escasa luz que se filtraba a través de los ventanales enrejados no alcanzaba a iluminar el fondo ni los rincones, por lo que necesitaron utilizar las linternas que llevaban en el cinturón policial. Tras un vistazo rápido, lo único que vieron fueron algunos escombros, telarañas y una capa de polvo que lo cubría todo.

—¿Hugo? —llamó Laura con voz ahogada—. Somos policías.

Ambos prestaron atención, intentando captar una respuesta, pero solo escucharon el viento que soplaba con fuerza en el exterior.

—Esta casa es enorme. He visto el plano y te puedo asegurar que nos llevaría mucho tiempo recorrerla entera —comentó Antonio—. Si al menos hubiese algo que...

Antes de terminar la frase, se puso en cuclillas y dirigió la linterna hacia el suelo, donde podían verse huellas en el polvo.

—¡Ajá! —Apuntó con la linterna hacia lo que parecían ser unas pisadas de pequeño tamaño—. ¿Lo ves? Un niño ha pasado por aquí.

Las huellas no se distinguían con nitidez, en parte debido al viento que se filtraba por la puerta entreabierta y removía el polvo; sin embargo, eran lo bastante visibles como para que un ojo atento pudiera seguirlas. Este indicio sirvió para confirmar que debían adentrarse en la lúgubre masía.

Cada paso lo daban con una extrema precaución, y en todo momento sostenían la linterna con una mano mientras acariciaban la cartuchera con la otra, listos para desenfundar con rapidez. El rastro de huellas los condujo a una sala extensa situada a la izquierda del vestíbulo, también desprovista de mobiliario y sumida en las sombras.

—Este era el comedor principal —indicó Antonio—. Antes había una mesa muy grande donde esos malnacidos se sentaban a comer.

—Aunque sea muy improbable, supongamos que un miembro de la secta ha regresado y es el asesino del yonqui, ¿cómo podríamos identificarlo si nos encontramos con él?

—Pues verás, algunos campesinos de los alrededores consiguieron verlos desde lejos, porque a veces, al anochecer, salían más allá del muro para coger alimentos o hacer quién sabe qué maldades. Ninguno de los campesinos se atrevió a acercarse por miedo, así que nos dieron unas descripciones muy variadas. Pero todos coincidían en que los Siervos de Arabyssel tenían la piel clara y llevaban una vestimenta muy peculiar, como si fueran unos indígenas del norte, sobre todo los hombres, que iban con taparrabos y capas.

Los dos agentes se sobresaltaron al oír el estallido de un trueno cercano. Durante unos segundos se quedaron en silencio, mirando con ojos alarmados. Era inevitable la sensación de peligro, en parte por la atmósfera oscura y tenebrosa que reinaba en el interior de la masía, en parte por el riesgo de que un violento asesino les estuviera esperando en algún rincón.

En aquel amplio comedor desprovisto de muebles, solo destacaba una chimenea con la embocadura cubierta de telarañas y dos puertas situadas a la derecha. Las huellas iban en dirección a la última puerta, pero antes de llegar, Antonio se detuvo e inspeccionó con la linterna a su alrededor, visiblemente nervioso.

—Creo que he oído un reloj, uno de esos antiguos que tienen un péndulo.

—Yo solo escucho la tormenta —dijo Laura, encogiéndose de hombros.

—¡Otra vez! Viene de ahí, seguro. —Señaló con una mano temblorosa la primera puerta—. Odio esos relojes, me dan escalofríos.

En ese instante, Antonio revivió un recuerdo de su niñez, cuando su padre llevó a casa un reloj de péndulo de pared, pintado de color negro azabache. Daba las horas con un tañido metálico, resonante y solemne. Le parecía aterrador e intentaba mantenerse alejado durante el día, pero en la quietud y el silencio de la noche era imposible no escuchar aquel sonido siniestro. Estaba convencido de que tenía vida propia, porque un simple objeto inerte no podía provocar tanto miedo. Incluso el balanceo del péndulo le parecía el latido de un corazón maligno. Después de un año soportando la presencia oscura y amenazante del reloj, su padre, cediendo a las súplicas de toda la familia, por fin se deshizo de él.

—Es extraño que dejasen un reloj tan valioso en la masía —comentó Laura—. Aunque eso ahora no importa. Sería una pérdida de tiempo inspeccionar las habitaciones una por una. Tenemos que limitarnos a seguir el rastro de pisadas, que nos lleva a la otra puerta.

—Ya lo sé. De todas formas, quiero comprobar una cosa. Será solo un segundo.

Con un nudo en la garganta, Antonio decidió adentrarse en la habitación de la que procedían los tañidos, mientras revivía su miedo de la niñez. Era una habitación pequeña, sin ningún tipo de decoración. Solo había un sofá abandonado en una esquina, tan viejo y mugriento que solo los insectos le podían dar uso. «Sería preferible sentarse en el suelo», pensó, asqueado.

La luz de su linterna recorrió las paredes, sin que pudiera verse nada colgado en ellas, salvo un par de sargantanas en busca de polillas. Suspiró aliviado y se dispuso a regresar con Laura, que vigilaba fuera, pero justo cuando se dio la vuelta, escuchó de nuevo el sonido. Ahí estaba el reloj, como surgido de la oscuridad, igual al que su padre había llevado a casa y le había atormentado durante un año de su niñez. No podía ser el mismo, y, sin embargo, sabía que lo era. Estaba custodiado por una araña enorme y horrible que se movía pasivamente sobre él. Los tañidos metálicos del reloj retumbaron en su cabeza, más espeluznantes de lo que recordaba, un sonido profundo y angustioso que semejaba una voz procedente de ultratumba.

Cerró los ojos con fuerza y rezó, presa del miedo, sintiendo cómo el pecho le oprimía, hasta que cesaron los ecos del último tañido. Cuando volvió a mirar, el reloj había desaparecido. «¿Ha sido real?», se dijo, totalmente perplejo. «¿El demonio quería asustarme?».

Salió de la habitación con el rostro pálido y descompuesto. Laura se dio cuenta y le preguntó, pero solo admitió que estar en la Masía Negra le provocaba ansiedad. Sabía perfectamente lo que ella pensaría: que todo era fruto de su imaginación o de sus creencias en lo sobrenatural. No necesitaba escuchar eso ahora mismo.

Prosiguieron el rastreo de las huellas, con el deseo de encontrar a Hugo cuanto antes, ponerlo a salvo y recuperar la tranquilidad. Se acercaron con precaución a la otra puerta y, al asomar la cabeza, vieron un largo pasillo.

—Espero que no haya ratas —susurró Laura.

—Pues deberías saber que les gusta vivir en casas abandonadas.

—Uf, qué fastidio. Creo que preferiría toparme con un fantasma antes que con un grupo de ratas.

—¿A qué viene eso?

—No sé, estoy muy nerviosa y hablar me tranquiliza.

—A mí me calmaría una copa de coñac. De hecho, lo primero que haré cuando salgamos de este maldito sitio será ir a tomarme un buen coñac... o tal vez dos.

Avanzaron por el pasillo con pasos sigilosos y pronto notaron que, a medida que se adentraban en la masía, el aire se volvía cada vez más denso y ponzoñoso, acompañado de un olor desagradable que recordaba a cítricos podridos. Tuvieron que hacer un esfuerzo para mantenerse concentrados ante la creciente sensación de asfixia.

Laura dirigió la linterna hacia el fondo del pasillo y vio que giraba a la derecha. Allí había una ventana cubierta de polvo, tan grande que Hugo podría haber salido por ella fácilmente; sin embargo, al igual que todas las ventanas de la masía, estaba protegida con rejas de hierro. Creyó percibir un movimiento en la esquina del pasillo, como si alguien se hubiese ocultado de la luz, y alertó a su compañero con un toque en el brazo.

—¿Eres Hugo? —Tragó saliva para controlar los nervios—, no tengas miedo, somos policías.

Durante la tensa espera de una respuesta, Antonio observó de nuevo las huellas pequeñas en el polvo, y descubrió que no llegaban hasta el final del pasillo; se detenían frente a la última puerta.

Escucharon el viento soplar furioso en el exterior y, de repente, la rama de un árbol impactó contra la ventana, produciendo un ruido espantoso de cristales rompiéndose. El viento entró con fuerza en el pasillo y levantó una nube de polvo. Durante ese momento de confusión, aquello que se ocultaba en la esquina decidió mostrarse. La polvareda dificultaba una visión clara, pero no había duda: se trataba de una persona.

A causa de la tensión, Laura apretó la linterna con tanta fuerza que empezó a notar un dolor en la mano. «Demasiado alto para ser un niño», pensó.

El polvo se disipó rápidamente y el aspecto del desconocido se hizo visible. Llamaba la atención su rostro cadavérico, con una piel blanca como el mármol que se hundía flácida en la cara, resaltando los huesos de una forma siniestra. Imposible no observarlo con una mezcla de sorpresa y espanto. Su escaso cabello colgaba lánguido y seco, dando la impresión de que fuera a desprenderse igual que las hojas marchitas. Parecía afectado por una grave enfermedad, incluso que podía hallarse a un paso de la muerte, pero su expresión dura y malévola dejaba claro que no había ninguna flaqueza en él. Atónitos por su aspecto, los policías tardaron unos segundos en darse cuenta de que iba vestido con un taparrabos y una capa.

Antonio se estremeció al verse frente a un siervo de Arabyssel. Había pensado en este instante muchas veces, y estaba convencido de que se encontraría con un individuo detestable, pero nunca imaginó un engendro como aquel. Su mera presencia le provocaba una angustia insoportable, un profundo malestar en el alma. Era la sensación de hallarse ante alguien que, a pesar de su apariencia humana, parecía no poseer vestigio alguno de humanidad.

Tras el espanto inicial, comenzó a brotar en el interior del veterano agente todo el odio acumulado durante años contra la secta. Un odio tan intenso que llegó a imponerse al miedo —y a cualquier otra emoción—, haciendo que su rostro enrojeciera de rabia.

—¡Échate al suelo ahora mismo, desgraciado! —gritó mientras desenfundaba la pistola y apuntaba con agresiva determinación—. ¡Quiero que te pongas bocabajo, con las manos en la espalda! ¡Si no lo haces, te pegaré un tiro, y te juro por Dios que lo estoy deseando!

Laura cogió las esposas del cinturón y se mantuvo a la espera, deseando que aquel siniestro individuo no opusiera resistencia. Se fijó en su capa larga y oscura, que llevaba puesta de lado, cubriéndole un brazo por completo, lo que resultaba bastante sospechoso. La Policía Local nunca había tenido la oportunidad de detener a un miembro de la secta por falta de pruebas incriminatorias, a pesar de que todos estaban convencidos de su implicación en las misteriosas desapariciones. En esta ocasión, sin embargo, tras el hallazgo del cadáver en el jardín, la detención estaba más que justificada.

—¿Estás sordo? ¡Te digo que al suelo! —insistió Antonio, a tal punto dominado por la ira que levantó la pistola hacia el techo y efectuó un disparo de advertencia.

El sonido atronador del disparo no amedrentó al presunto asesino, que se mantuvo inmóvil, con la mirada clavada en Antonio. Lejos de resignarse a la detención, adoptó una actitud amenazante y mostró el objeto que llevaba oculto bajo la capa: un enorme machete, cuyo largo filo tenía restos de sangre. Con un aire de confianza que parecía producto de la locura, avanzó hacia el policía, dando pasos firmes y ágiles que no eran propios de alguien con ese aspecto decrépito.

Se escuchó un nuevo disparo. Esta vez, Antonio había apuntado a la pierna derecha. El siervo de Arabyssel se detuvo y observó la herida con una calma desconcertante, sin mostrar el más leve signo de dolor por el impacto de la bala. Esbozó una sonrisa repulsiva, que dejaba al descubierto sus dientes ennegrecidos, mientras en sus ojos asomó un brillo malicioso y retorcido. Luego, dirigió su mirada a una puerta entreabierta que tenía a su izquierda y, tras señalar con el machete a Antonio con un gesto engreído, entró en la habitación.

Los dos policías permanecieron inmóviles, como dos maniquíes en medio del pasillo, sin atreverse siquiera a parpadear, esperando que el enemigo volviera a aparecer. Finalmente, decidieron asomarse con un sigilo extremo, pero lo único que encontraron allí dentro fueron unas escaleras que llevaban a la planta superior. Trataron de calmarse durante varios minutos, sumidos en un estado de confusión y espanto.

Ambos tuvieron la impresión de que aquel individuo había permanecido oculto en la masía durante los ocho años de abandono, viviendo en las sombras, consumiéndose poco a poco en la locura y la enfermedad.

* * *

La primera en reaccionar fue Laura, cuando la necesidad de encontrar al niño logró imponerse de nuevo en su mente nublada. Avanzó hacia el fondo del pasillo, luchando contra el impulso de huir despavorida, y se detuvo frente a la última puerta.

—¿Las huellas llegaban hasta aquí? —preguntó a su compañero.

Antonio asintió mientras enderezaba su cuerpo. Tenía la sensación de que no recobraría el control de los nervios hasta haber salido de aquel lugar, pero no quería mostrar flaqueza delante de Laura, a quien todavía consideraba una joven con falta de experiencia. Hizo un esfuerzo para recuperar la compostura y se dirigió a su lado.

Abrieron la puerta lentamente e iluminaron el interior con las linternas. Descubrieron otras escaleras que, esta vez, descendían hacia un lóbrego sótano. El olor desagradable a cítricos podridos, que parecía impregnar las zonas interiores de la masía, les llegó con más fuerza que antes. Con una mueca de resignación, empezaron a bajar los escalones polvorientos.

Era un sótano inmenso, con una gran cantidad de estanterías que formaban pasillos entre ellas a modo de almacén. Tiempo atrás, los inquilinos habrían guardado allí multitud de enseres domésticos, utensilios de trabajo y objetos diversos, pero ahora las baldas solamente contenían polvo e insectos muertos.

Las telarañas colgaban por todas partes, cubriendo el techo y los rincones. Si bien había ventanas situadas en lo alto de una pared, ya no servían para iluminar: eran pequeñas, estaban llenas de suciedad y la maraña vegetal del exterior las bloqueaba por completo. También estas habían sido protegidas con rejas de hierro para impedir el paso. Los agentes ya se habían acostumbrado a la escasa luz de la planta baja; sin embargo, el sótano estaba envuelto en una oscuridad absoluta, tan densa como la de un abismo cavernario.

Después de bajar las escaleras, inspeccionaron el entorno con las linternas para comprobar que no hubiese ningún peligro acechando. Fue entonces cuando Antonio empezó a notar un molesto dolor de cabeza. A su lado vio un cajón de naranjas vacío y, tras quitarle el polvo con unos golpes, lo utilizó como asiento.

—¿Te encuentras bien? —preguntó Laura.

—Solo necesito descansar un segundo.

—Yo también empiezo a estar agotada. Creo que es por la tensión y por el aire viciado que hay aquí dentro. Pero es muy importante mantener la cordura.

—¿La cordura? ¿A qué te refieres?

—Hace dos años que trabajamos juntos y nunca te había visto de esa manera. Cuando te has enfrentado al siervo de Arabyssel, parecía que ibas a perder el control, casi como si estuvieras volviéndote loco.

—Tienes razón, me he alterado mucho, pero ¿has visto bien a ese engendro? Seguro que está poseído por el mismo demonio. —Antonio se santiguó—. Que Dios nos ayude...

—Sabes que soy escéptica con estas cosas. Por mucho que parezca dominado por una fuerza sobrenatural, tiene que haber una explicación lógica.

—Antes había gente en el pueblo que pensaba como tú. Pero cuando llegó la secta y empezaron a ocurrir fenómenos inexplicables, se dieron cuenta de que hay cosas en este mundo que no podemos comprender solo con la razón.

El dolor de cabeza que padecía Antonio se agudizó, causándole fuertes punzadas en la sien, y se apretó las manos contra la frente. Tras unos segundos, el dolor comenzó a disminuir.

—De todas formas, lamento mucho haberme puesto así. Me he dejado llevar por la rabia —se disculpó con un tono calmado y conciliador.

—Supongo que es comprensible, aunque espero que no haya más arrebatos.

—¡Por supuesto! No vayas a pensar ahora que me falta un tornillo. Para serte sincero, me importa mucho lo que pienses sobre mí, ¿sabes?

—Es normal, somos compañeros.

—Lo digo porque... en el fondo, ejem, para mí eres más que una simple compañera.

—¿A qué te refieres?

—Pues que valoro mucho nuestra relación laboral, pero también siento que hay una conexión que va más allá del trabajo... y de la amistad... Ya me entiendes.

Laura tardó unos segundos en responder, desconcertada por el giro que había tomado la conversación. Antonio estaba casado, era quince años mayor que ella y, además, nunca le había resultado atractivo. Su insinuación era tan inesperada como inoportuna, teniendo en cuenta las circunstancias en las que se encontraban. Sin embargo, decidió restarle importancia, al suponer que su compañero estaba atravesando un torbellino de emociones que le dificultaba pensar con claridad.

—No creo que sea adecuado hablar de estas cosas ahora mismo. Lo mejor será que nos centremos en la misión de encontrar a Hugo y ponerlo a salvo, ¿no te parece? —dijo para zanjar el asunto.

—Sí... es verdad.

—Lo más probable es que se haya escondido aquí abajo, en algún rincón. Voy a echar un vistazo mientras tú descansas.

Buscó las pisadas pequeñas en el polvo, que por suerte seguían intactas en el sótano, y empezó a seguir su trayectoria. Poco a poco, con sigilo felino, avanzó por los pasillos laberínticos que formaban las estanterías, adentrándose en la negrura.

Ocho años atrás, cuando los inquilinos fueron desalojados, la Guardia Civil registró la masía a fondo. En el pueblo, todos estaban convencidos de que los agentes descubrirían muchas pruebas sobre los nueve desaparecidos, pero no encontraron nada. Los Siervos de Arabyssel habían vaciado la casa por completo, sin olvidar ni un solo papel que aportase información sobre sus actividades, creencias o identidad. Tampoco dejaron rastro de su presencia en aquel inmenso sótano usado como almacén, excepto varias pintadas en las paredes, donde podían verse sus jeroglíficos incomprensibles.

Laura lo sabía, pero no podía evitar dirigir la linterna hacia las estanterías, llevada por su instinto policial y por la inquietud de hallarse envuelta en oscuridad. A cada momento se detenía, observaba con atención y buscaba la luz de Antonio para asegurarse de que no se alejaba demasiado. En su interior vibraba una sensación intensa de peligro, agudizada por pensamientos raros y sombríos. Avisó a las tinieblas que era policía, repetidas veces y en voz alta, intentando parecer segura de sí misma, por si acaso la estuvieran acechando.

A causa de sus temores imaginarios, perdió el rastro de las huellas. Cuando se dio cuenta, intentó retroceder sobre sus pasos, con la mala suerte de adentrarse por pasillos distintos que la llevaron a otra zona del sótano. Allí descubrió un gran agujero en el suelo: un pozo circular. sin muro ni barandilla que evitase a cualquier despistado una caída mortal.

«¿Por qué hicieron un agujero tan peligroso en medio del sótano?», se dijo. «Espero que Hugo no haya pasado por aquí».

Iluminó el borde y se acercó con cuidado, temiendo encontrar el cuerpo del niño. A un paso de la pendiente se arrodilló para asomarse, aunque era tan profundo que resultaba imposible ver el fondo. Mirar aquel abismo infinito estimuló con fuerza su acrofobia —desde la niñez padecía un miedo exagerado a caer desde las alturas—. Quiso apartarse de inmediato, pero se mantuvo quieta, con la vista clavada en el pozo, atrapada por una atracción extraña y morbosa. Su fobia parecía haberle despertado una curiosidad malsana por imaginar las sensaciones durante una posible caída.

En el mismo instante en que decidió hacer caso a la razón y retroceder, vio un tenue resplandor violeta emanar del fondo.

Permaneció asomada al borde del abismo, llena de intriga por el origen de aquella luz misteriosa que parecía proceder de otro mundo. Pronto empezó a ver movimientos. Al principio pensó que se debían a parpadeos luminosos, hasta que distinguió unos objetos flotantes con forma esférica. Reflejaban la luz violeta, como si fuesen burbujas de jabón, y ascendían lentamente por el pozo. Daba la impresión de que eran objetos orgánicos porque cada uno se desplazaba de forma distinta en el aire, tal vez realizando movimientos voluntarios. Laura sufría, necesitaba alejarse del abismo, pero le resultaba difícil resistirse a la curiosidad morbosa y al efecto hipnótico de aquellas esferas.

Una nueva figura apareció en el pozo. En vez de flotar, se arrastraba por las paredes, subiendo con temerosa rapidez. A su paso, las esferas se apartaban o se desvanecían. Poseía numerosas patas de gran longitud que utilizaba para escalar, semejando una araña enorme; sin embargo, a medida que se acercaba, su aspecto se revelaba cada vez más extraño, monstruoso, repugnante. A diferencia de las arañas, esta criatura tenía una cabeza diferenciada del cuerpo, una cabeza alargada que se extendía sobre su espalda y estaba protegida por una gran cresta ósea, dándole una apariencia alienígena.

Laura sintió la mirada del monstruo clavada en ella. Hubiese gritado de no sentirse completamente estupefacta. Entonces, la criatura habló. La llamó por su nombre, le ordenó que se lanzase al pozo y fuese con él. Incapaz de seguir soportando aquella terrible angustia, estuvo a punto de obedecer, pero mientras valoraba la idea de dejarse caer al abismo, oyó una voz a su espalda.

Apartar la mirada del pozo le supuso un gran esfuerzo. El aturdimiento y la oscuridad le impidieron identificar a primera vista quién había hablado. Pensó en Antonio, pero aquella voz era más aguda.

Se aclaró la garganta con un carraspeo y preguntó: «¿Quién está ahí?».

Sin esperar una respuesta, se volvió hacia el pozo rápidamente, temiendo que algo perverso emergiera de su interior para atacarla. Allí donde antes había un abismo infinito, esferas que reflejaban luz violeta y una horrible criatura capaz de hablar, ahora solo encontró el duro hormigón que cubría el suelo del sótano. «¿Qué está pasando?», se dijo, desconcertada, mientras pasaba la mano por la superficie para asegurarse de que fuese real.

—Solo quería saber si eres una policía de verdad —dijo la voz desconocida—. Te escuché decirlo hace un momento.

Laura se limpió el sudor frío que le corría por la frente, cogió la linterna y alumbró en dirección a la voz. A pocos pasos, un niño tembloroso, lleno de barro y polvo, la miraba con miedo.

—¿Eres... eres Hugo?

El niño asintió y se tapó los ojos con una mano, incómodo por la luz de la linterna.

*　*　*

El rostro de Hugo estaba manchado de una especie de lodo grisáceo, mezcla de tierra, polvo y lágrimas. Se limpió como pudo con los pañuelos de papel que le ofreció Laura y se sonó la nariz. Había pasado un buen rato escondido en la oscuridad, acurrucado entre una pila de escombros, sin que nadie advirtiese su presencia. Por suerte, no había sufrido ningún daño, salvo unos arañazos superficiales que apenas sentía a causa de los nervios. Se le veía aterrado y perplejo, pero el encuentro con la policía le había infundido suficiente ánimo.

Laura intentó recomponerse tras la dantesca visión que acababa de experimentar. Había sido tan vívida que le resultaba difícil separarla de la realidad. Tuvo que hacer un gran esfuerzo mental para no quedarse bloqueada por la impresión, sabiendo que su mayor preocupación tenía que ser proteger al niño.

Hizo lo posible por calmarlo con palabras de optimismo y consuelo: «Vamos a salir de aquí enseguida, ya verás. Todo irá bien. No dejaré que te pase nada ni que vuelvas a quedarte solo. Eres un chico muy valiente, de verdad». Después le explicó que Sofía estaba a salvo y que había ido a la comisaría corriendo para avisarles de lo ocurrido.

—¿Quién es Sofía? ¿Es esa chica de ojos claros? —preguntó Hugo.

—Sí, tu amiga del colegio, con la que entraste aquí.

—Ella no va a mi colegio. Me parece que es de otro pueblo, aunque no estoy seguro. No llegó a decírmelo.

—¿Lo dices en serio? —Laura torció el gesto, desconcertada—, me había hecho pensar que vosotros sois buenos amigos.

—Para nada. La conocí el otro día.

—No entiendo por qué me ha mentido en una situación tan grave.

—Seguro que para hacerse la inocente y que no le eches la culpa de lo que ha pasado.

—¿Piensas que es culpa suya?

—¡Pues claro! Me aseguró que en la Masía Negra no había nada malo, que todos los rumores eran mentira. Me engañó para venir aquí, con la promesa de que lo pasaríamos bien. Estoy muy enfadado con ella.

—Entiendo que estés molesto, pero no creo que su intención fuera ponerte en peligro. Además, gracias a ella hemos tardado muy poco en encontrarte, ¿verdad?

Laura se volvió por última vez hacia el lugar donde había tenido la perturbadora visión del pozo. Respiró hondo y se reprendió en silencio por haberse dejado arrastrar —aunque solo por un instante— lejos de su pensamiento racional. Tomó al niño de la mano y, con todos los sentidos en alerta, ambos empezaron a recorrer el laberinto de pasillos oscuros en dirección a Antonio, guiados por la luz que emitía su linterna.

El veterano policía seguía en el mismo lugar, sentado en el cajón, cabizbajo y ensimismado. Su rostro, apenas iluminado, dejaba entrever un profundo cansancio.

—He encontrado a Hugo —le dijo Laura mientras se acercaba con el niño.

—Ah, por fin una buena noticia.

La lentitud de su voz, la visible fatiga y el enrojecimiento de sus mejillas parecían síntomas de enfermedad. Laura le tocó la frente con el dorso de la mano y comprobó que tenía fiebre.

—Seguro que he cogido algo —comentó Antonio, incapaz de disimular—. Puede que sea por el moho de las paredes, o quizá me ha picado algún bicho... no lo sé.

—Pues me temo que, antes de ir a tomarte ese coñac, tendrás que pasar un momento por el ambulatorio.

—Sí, menudo rollo... ¿Cómo se encuentra Hugo?

—Muy asustado, pero no está herido. Es escurridizo como una comadreja.

Laura miró a Hugo con una sonrisa, y él, que seguía aferrado a su mano, le devolvió el gesto tímidamente. Luego, le preguntó a Antonio:

—Mientras estabas aquí sentado, ¿has visto algo extraño?

—En esta masía vivió una secta que se entregaba al demonio. ¿Que si he visto algo extraño? Joder, pues claro, y seguro que no es mi imaginación. ¿Por qué lo dices? ¿Será que empiezas a darte cuenta de que hay cosas que no puedes comprender solo con la razón?

Laura pensó en contarle su visión, porque le había dejado una sensación muy perturbadora, como si, aunque absurda, hubiese algo real en ella. Pero decidió que lo haría en otro momento, cuando no estuviese el niño delante.

—Bah, en realidad no es importante —respondió tras un breve titubeo—. Vámonos cuanto antes de aquí.

Se asomó a las escaleras por las que habían bajado. Quería asegurarse de que nada peligroso estuviese esperándolos. Le pareció escuchar algo y observó cada escalón con la linterna, desplazando poco a poco la luz hacia arriba, al tiempo que deseaba no descubrir una rata. Cuando iluminó la puerta del sótano, sufrió un sobresalto violento: al otro lado se hallaba la figura decrépita y casi fantasmal del siervo de Arabyssel.

Antonio se dio cuenta del grito que había reprimido Laura y se apresuró en llegar a su lado. Pero al encontrarse de nuevo con aquel horrible individuo, la sangre se heló en sus venas. Ni el uno ni el otro se sintió capaz de moverse mientras el siervo de

Arabyssel, con su sonrisa nauseabunda, cerraba la puerta. El sonido metálico de una llave al entrar en la cerradura y girar se escuchó con una claridad espantosa.

La satisfacción de haber concluido la búsqueda se desvaneció de golpe al verse atrapados en aquel oscuro sótano. Al contrario de lo que habían previsto, lo más difícil no iba a ser encontrar a Hugo, sino escapar de la Masía Negra y del Mal que la habitaba.

III

Una voz misteriosa

Los dos policías intentaron abrir la puerta del sótano; primero con cuidado, después a patadas. Un esfuerzo en vano porque estaba hecha de madera maciza, sin deterioro visible por la carcoma, y tenía herrajes de forja que permanecían firmes ante los golpes.

—Haría falta un ariete para abrir esto —dijo Laura.

—¡Pues estamos jodidos! —se quejó Antonio mientras bajaba las escaleras—. Lo sabía, mira que lo sabía... Tendríamos que haber esperado a la Guardia Civil. ¿Y ahora cómo demonios vamos a salir de aquí?

Laura también sentía mucha frustración, aunque, a diferencia de Antonio, hacía un esfuerzo por contenerse y no caer en el pesimismo. Intentó llamar a la comisaría con su móvil, que siempre llevaba encima, pero no tenía nada de cobertura dentro de la masía.

«Tienes que calmarte y usar la cabeza», se dijo antes de soltar un largo suspiro. Estaba cada vez más abrumada, ya que el peso de la situación iba cayendo sobre sus hombros. Además de luchar contra el miedo y el cansancio, ahora tenía que proteger a Hugo y cuidar de su compañero, que había vuelto a sentarse en el cajón, resignado, con signos visibles de enfermedad.

A pesar de que sentía auténtica vocación por su trabajo, ella no se consideraba una excelente policía, no de esas que destacan y resuelven casos complejos. Las pruebas selectivas fueron un gran desafío que logró superar por los pelos. Durante su formación en la academia, tuvo que soportar con frecuencia un trato despectivo, sobre todo por las actitudes machistas que algunos aún mantienen en el entorno policial. Incluso sus padres intentaron desanimarla de seguir ese camino. Todavía recordaba las palabras de su madre: «¿De verdad quieres dedicar tu vida a poner multas y a lidiar con gamberros? Hay mucha gente que no respeta nada, que está mal de la cabeza, y me preocupa que pueda pasarte algo. ¿Por qué no vuelves a la universidad y terminas la carrera?».

Parecía tenerlo todo en contra para convertirse en policía, pero nunca desistió. Su tenacidad y su gran fortaleza mental la llevaron a conseguir finalmente una plaza fija como policía local. Esa misma fortaleza era la que ahora, estando atrapada en la Masía Negra, la ayudaba a mantener la entereza.

—¿Recuerdas el plano de la casa? —le preguntó a Antonio—. Se me ha ocurrido que, como el sótano es bastante grande, quizá haya otra salida, y esta tendría que aparecer dibujada en el plano.

—Mmm... Lo vi hace tiempo. Conseguimos el plano para buscar zonas ocultas donde pudieran estar los vecinos desaparecidos. Recuerdo más o menos la distribución, pero las puertas... solo la principal y una entrada trasera.

—¿Puedo decir algo? —interrumpió Hugo con timidez, mirando a Laura.

—Claro que sí. No dudes en hablar con nosotros de cualquier cosa, incluso si nos ves un poco alterados.

—Es que, cuando bajé a esconderme al sótano, escuché unos pasos. Creo que ese hombre de la cicatriz me siguió hasta aquí, aunque no llegué a verlo. Encendió una luz y me oculté rápidamente detrás de un montón de cajones.

—Menos mal que no te encontró. —Laura no quiso mencionarle que el yonqui había sido asesinado por un miembro de la secta, ya que eso podría asustarlo aún más.

—Lo digo porque los pasos parecían venir del fondo del sótano. Es como si hubiera entrado por allí.

Antonio se levantó de un salto, animado al escuchar al niño. En su rostro fatigado se dibujó una sonrisa. Ya se imaginaba saliendo de la asfixiante masía y caminando hacia el coche patrulla, que los esperaba en la entrada de la finca.

—¡Hay que comprobarlo! —exclamó.

Solo tenían que avanzar en línea recta, pegados a la pared para evitar adentrarse en el laberinto de estanterías. Un recorrido corto que los llevaría a la parte trasera del caserón. Eso pensaron antes de empezar a moverse, pero luego la distancia se les hizo mucho mayor, porque daban cada paso con cautela y tensión, sintiendo el influjo de una oscuridad que amplificaba sus miedos más íntimos.

Antonio, como devoto cristiano, estaba convencido de que todos sus miedos se originaban en el Diablo, capaz de manifestarse de múltiples y terribles formas. Creía que Satán iba tras ellos desde el momento en que cruzaron la entrada de la finca, adoptando a veces una forma arácnida, y que el siervo de Arabyssel era su marioneta.

Los temores de Laura no tenían nada que ver con lo sobrenatural. Además de su fobia a caer desde las alturas —ya fuera al asomarse a un balcón alto, a un acantilado o a un pozo profundo—, también la angustiaba sobremanera la idea de perder el control: ser incapaz de manejar sus emociones y de tomar decisiones. Eso mismo le había ocurrido durante la ilusión, y ahora le aterraba que volviera a suceder.

Hugo, por su parte, tenía un miedo profundo a un monstruo con el que sus padres lo amenazaban para que fuese obediente. Según la leyenda que le contaban, este ser deambulaba por la noche en busca de niños traviesos para secuestrarlos. Al no tener forma conocida, podía ser cualquiera, y Hugo a veces creía verlo en personas malvadas, como el yonqui del que se había escondido en el sótano.

Los tres suspiraron al encontrar unas escaleras que llevaban a la planta baja. Laura subió en silencio hasta la puerta antigua situada en la parte superior, giró el pomo lentamente e intentó abrirla, pero también había sido cerrada con llave. Iba a bajar las escaleras para dar la mala noticia cuando reparó en una diferencia alentadora: esta puerta tenía unas bisagras que dejaban los tornillos a la vista.

—No se puede abrir, pero mirad. —Iluminó las bisagras con la linterna—. Seguro que podemos desencajar la puerta sin mucha dificultad con las navajas multiusos.

—Yo me ocupo —dijo Antonio—. Estoy acostumbrado a hacer chapuzas de carpintería en casa, así que terminaré más rápido.

Sujetando la linterna con los dientes, el veterano policía empezó a quitar los tornillos, algunos con más dificultad que otros debido a la oxidación. La imagen de sí mismo caminando hacia el coche patrulla le daba fuerzas para soportar la fiebre y el dolor de cabeza.

Durante la espera, Hugo recordó lo que había encontrado nada más esconderse entre los escombros del sótano. Quiso entregárselo a Laura, porque ella le transmitía confianza y en todo momento se mantenía a su lado con una actitud protectora, casi maternal.

—¿Qué es esto? —le preguntó Laura, viendo una bola de papel arrugada.

—Estaba en el sitio donde me escondí, dentro de un cajón sucio. Todavía no he podido leerlo, pero a lo mejor es importante.

Laura desplegó el papel y lo sostuvo frente a la linterna para examinarlo.

—¿Qué dice? —quiso saber el niño.

—Parece una factura de compra... Según la fecha, el paquete se entregó cuando aún estaban aquí los inquilinos de la masía.

—¿La secta?

—Sí, la secta. Me lo quedaré para examinarlo en la comisaría. ¿Te parece bien? Puede que sí sea importante.

—Vale—. Hugo sonrió al sentirse útil.

Debido a su estado, Antonio tenía que hacer un gran esfuerzo de concentración para quitar aquellos viejos tornillos, y le resultaba molesto escuchar un cuchicheo a su espalda. «Joder, ¿no pueden estarse callados?», gruñó para sí mismo, apretando la linterna con los dientes. «Si es que tengo motivos de sobra para estar cabreado: me va a estallar la cabeza, el Diablo intenta matarme, estoy encerrado en la Masía Negra... y encima le insinúo a Laura lo que siento y ella pasa de mí, como si no le importase una mierda...».

El último tornillo cayó al suelo y sintió un alivio repentino, igual que si hubiese tomado el trago de coñac que tanto ansiaba.

La puerta pesaba más de lo que había supuesto, ya que era de madera maciza, y cuando la sacó del marco no pudo evitar que se le escapase de las manos. No cayó por las escaleras —por suerte para Laura y Hugo, que esperaban abajo—, pero golpeó con fuerza contra la pared, provocando un ruido sordo y retumbante.

Alarmados, los tres contuvieron la respiración mientras el eco del golpe vibraba en la oscuridad, y desearon al mismo tiempo que nadie más lo hubiese escuchado.

* * *

Salieron del sótano y se encontraron con un largo pasillo rodeado de puertas cerradas, iluminado débilmente por dos ventanales situados en cada extremo. Laura se detuvo un momento a observar la escasa pero reconfortante luz natural que entraba por uno de los ventanales.

Aunque la tormenta había perdido fuerza, las nubes seguían acumuladas sobre la masía y aún podía escucharse el repiqueteo de la lluvia. El cielo se había teñido de colores vibrantes, anunciando que el sol empezaba a ponerse. Laura siempre había disfrutado de los atardeceres coloridos, los consideraba obras de arte de la naturaleza; sin embargo, aquel le resultaba extraño, porque en lugar del rojo habitual estaba compuesto de un púrpura intenso.

Hugo le tiró de la camisa para llamar su atención. El niño señaló con el dedo hacia el otro lado del pasillo, donde Antonio seguía avanzando solo, alejándose de ellos sin darse cuenta. En el rostro del veterano agente se reflejaba una mezcla de miedo intenso hacia aquel lugar y ansia desesperada por salir.

El pasillo giraba a la derecha y Antonio se acercó con cautela a la esquina para asomarse. Súbitamente, un destello metálico surgió de la oscuridad: un objeto largo y afilado que se dirigía a gran velocidad hacia su cuello. Logró apartarse justo a tiempo para evitar una herida mortal, aunque recibió un corte profundo en el hombro. El impulso hacia atrás para esquivar el ataque le hizo perder el equilibrio y caer de espaldas al suelo. Antes de saber lo que había ocurrido, vio aparecer tras la esquina al siervo de Arabyssel. De nuevo se estremeció ante su horrible rostro cadavérico, su cabello escaso y liviano, su piel de palidez espectral. Resultaba inquietante la apariencia inerte de su cuerpo, en contraste con la vitalidad incomprensible que ardía en sus ojos vidriosos, llenos de malicia.

El sobresalto y el terror lo dejaron paralizado, y permaneció en el suelo, boquiabierto, convencido de que estaba frente a una horrible manifestación del Demonio. Lo peor era que se encontraba indefenso, porque la linterna y la pistola se le habían escapado durante la caída.

El engendro se acercó, totalmente decidido a segarle la vida con su machete.

—¿Qué está pasando? ¿Quién es ese? —preguntó Hugo a la policía con la voz quebrada por el miedo.

—Solo sabemos que es muy peligroso, así que mantente detrás de mí, por favor —dijo ella, tratando de no perder la calma.

—Es... seguro que es el monstruo que secuestra a los niños...

Laura apuntó al siervo de Arabyssel con la pistola y le gritó una advertencia, intentando atraer su atención para interrumpir el ataque. Quería mostrarse desafiante, pero el temblor en las palabras delató su nerviosismo. El engendro la miró con indiferencia. No parecía dispuesto a detenerse ante alguien que no consideraba una amenaza importante; sin embargo, al descubrir la presencia del niño, tuvo un instante de desconcierto, como si no supiera qué hacer con él.

Esa distracción le dio a Antonio unos segundos valiosos para reaccionar y, con un movimiento rápido, recuperó su pistola. Impulsado por la desesperación, dominado por la ira que se arremolinaba en su interior, lanzó un alarido y comenzó a disparar, una y otra vez, de forma frenética.

Se escucharon siete disparos ensordecedores antes de que el siervo de Arabyssel se desplomara pesadamente en medio del pasillo. Siguió un momento de expectación e incertidumbre, por el temor de que hiciese algún movimiento, pero su cuerpo blanquecino permaneció inmóvil sobre un charco de sangre que se expandía poco a poco.

Acostumbrado a disparar siempre contra una diana en los entrenamientos, el policía se quedó conmocionado. Continuó apuntando con la pistola, rígido por la tensión, hasta que su compañera le ayudó a poner el seguro y a bajar los brazos.

—Es un buen corte —le comentó Laura, viendo la sangre en su hombro derecho—. Te pondré un vendaje con gasas hemostáticas, pero primero tengo que comprobar el estado del sujeto.

Antes de dar un paso, vio cómo Hugo se aferraba a su mano con firmeza.

—Mejor que te quedes aquí con Antonio; será más seguro —le dijo en un tono suave, consciente de que estaba aterrorizado.

—Me pitan los oídos.

—A mí también, pero es normal por los disparos. Ya verás que dentro de un ratito se te pasa.

—Es que yo... no quiero que te alejes.

—Tranquilo, volveré contigo enseguida, te lo prometo.

Hugo confiaba en Laura; sabía que ella lo protegería sin dudar de cualquier peligro. En cambio, Antonio no le inspiraba esa seguridad: su constante mal humor y su dificultad para controlar las emociones le recordaban a su padre cuando llegaba a casa oliendo a alcohol.

Con pasos sigilosos, Laura se acercó al siervo de Arabyssel, angustiada por la idea de que pudiera levantarse y atacarla. Era un temor absurdo pero inevitable. «¿Estoy empezando a contagiarme de creencias irracionales?», se dijo. Por si acaso, empujó el machete con el pie para alejarlo y así sentirse más segura. Luego observó aquel cuerpo pálido y demacrado con la luz de la linterna, comprobó que permaneciera inmóvil y buscó las heridas de bala.

—¿Está muerto? —le preguntó Antonio.

—Algunos disparos le han dado en puntos vitales. —Señaló un impacto en la frente—. Por muy insensible que sea al dolor, nadie puede sobrevivir a esto.

—No me ha dejado otra opción. ¡Que se joda en el infierno!

—Era necesario abatirlo, aunque no hacía falta vaciar medio cargador. A ver cómo lo justificamos en el informe.

—Bah, ya me preocuparé de eso.

Laura era estricta con los reglamentos y sabía que, incluso si pudiesen probar que lo habían matado en defensa propia, iba a ser difícil librarse de las consecuencias jurídicas. Pero también sabía que debían hacer todo lo necesario para que el niño pudiese regresar sano y salvo a casa.

—¡No está muerto! ¡El monstruo no está muerto! —exclamó súbitamente Hugo.

El supuesto cadáver empezó a hacer movimientos espasmódicos, muy leves al principio —fáciles de confundir con contracciones post mortem—, pero pronto se volvieron más intensos, hasta que su cuerpo se retorció igual que una serpiente herida. Laura se irguió de un sobresalto y retrocedió, con el pánico reflejado en el rostro. No sabía qué hacer; era incapaz de pensar con claridad, porque sus ojos veían lo que su mente consideraba imposible.

Contra toda lógica, el siervo de Arabyssel hizo un esfuerzo y consiguió levantarse.

Los ojos asustados de Laura se encontraron con los de Hugo, que sostenía tembloroso la linterna de Antonio, iluminando al enemigo. El niño, aunque estaba aterrorizado, la miraba de una forma especial, como a una figura protectora, como a una heroína, lo que provocó un cambio inmediato en ella. Su instinto de protegerlo se intensificó, hasta el punto en que todo miedo quedó eclipsado, sintiéndose capaz de cualquier cosa para salvarlo. Su mente se despejó y supo, con absoluta claridad, cómo vencer a aquel enemigo.

Con sorprendente aplomo y rapidez, recogió el machete del suelo antes de que su dueño tuviera la oportunidad de recuperarlo. Lo empuñó con firmeza, decidida, sin asquearse por la sangre seca que manchaba la hoja, y le lanzó una veloz estocada a la rodilla. Sabía que no le causaría dolor alguno, pero, tal como había previsto, le hizo perder el equilibrio y caer de rodillas, dejándolo de esta forma a su merced. El siervo de Arabyssel volvió su mirada maligna hacia Laura, habiendo advertido demasiado tarde que la verdadera amenaza era ella, y no su desquiciado compañero.

Laura concentró toda su fuerza y le asestó un terrible machetazo en la nuca. Tal fue la potencia del golpe que el filo cortó las vértebras cervicales y atravesó casi por completo el cuello, quedándose a un centímetro de salir por el otro lado.

Dejó caer el machete y retrocedió para observar al engendro, que permanecía de rodillas. La cabeza le colgaba sobre el pecho, sujeta apenas por una tira de músculo que no había sido seccionada, mientras la sangre brotaba a chorros de su cuello abierto y se derramaba sobre su cuerpo. Lo miró con repulsión, deseando que cayera muerto de una vez por todas, pero seguía habiendo una chispa de vida en él, suficiente para que pudiera mantenerse arrodillado en la misma posición.

Fue imposible reprimir la mezcla de sorpresa y espanto cuando el decapitado comenzó a mover los brazos en todas direcciones. La resistencia sobrehumana del siervo de Arabyssel era asombrosa, tanto que fue capaz de estirar las piernas y ponerse de pie. Sin embargo, le resultó difícil mantener el equilibrio, y cuando quiso moverse en un intento de alcanzar a Laura, cayó pesadamente al suelo. El impacto provocó que su cabeza se desprendiera por completo del cuerpo y rodara hacia los pies de la policía. Todo lo que pudo hacer ella ante semejante espectáculo dantesco fue soltar un alarido de horror.

Tras desvanecerse el eco de aquel grito, el silencio volvió a adueñarse de la Masía Negra, solo perturbado por algunos truenos lejanos.

Laura permaneció absorta, sin apartar la mirada del engendro decapitado, con quien tendría pesadillas el resto de su vida. Se quedó bloqueada por la conmoción, hasta que una pregunta empezó a revolotear en su cabeza: «¿Quién eres en realidad?». Fue entonces cuando se dio cuenta de un detalle: el siervo de Arabyssel tenía un tatuaje en la pierna.

—¿Qué ocurre? —quiso saber Antonio, viendo en ella una expresión pensativa.

—¿Alguno de los nueve vecinos desaparecidos tenía el tatuaje de una abubilla en la pierna?

—¿Abubilla?

—Sí, ese pájaro rojizo con una cresta.

—Ah, una palput. En los pueblos lo llamamos así. —Antonio hizo una mueca de dolor por el corte en el hombro—. No estoy seguro. ¿Por qué lo dices?

—Las sectas se dedican a convertir a la gente, ¿no? Es posible que hubiesen raptado a esas nueve personas para lavarles el cerebro... o hacerles algo mucho peor.

—¿Insinúas que ese monstruo era un vecino del pueblo? No digas tonterías, por Dios. Lo que tendría que preocuparnos es mi hombro. ¿No ves cómo lo tengo? Si no paramos ya la hemorragia, me acabaré desangrando.

Laura decidió que, de momento, dejaría a un lado su inquietud. Pero antes de atender a su compañero, se acercó a Hugo, que continuaba iluminando el cuerpo del enemigo, paralizado por el espanto.

—¿Te encuentras bien?

El niño asintió, titubeante. Le daba vergüenza admitir que se le había escapado la orina.

—Tranquilo, ya ha pasado. No volverá a atacarnos. —Le puso las manos en los hombros con suavidad—. Has sido muy valiente, de verdad. Iré a tu colegio y les contaré a todos que entraste en la Masía Negra y que ayudaste a la policía. ¿Qué te parece? Te volverás muy popular.

—Eso... eso me gustaría mucho —respondió con una tímida sonrisa.

Utilizando la navaja multiusos, Laura rasgó el uniforme de Antonio alrededor del hombro herido, y dejó al descubierto el corte. Aplicó sobre la herida una gasa hemostática que llevaba en el cinturón y le hizo un vendaje provisional.

Pese a la certeza de que el siervo de Arabyssel estaba muerto, la sensación de peligro no desapareció. Aún se sentían acechados por una presencia amenazante. La atmósfera espesa, ponzoñosa y con olor a podrido seguía asfixiándolos. No estarían realmente a salvo hasta salir de aquel lugar maligno.

* * *

Siguieron avanzando por el lóbrego pasillo en busca de la entrada principal, dejando atrás el cadáver decapitado, cuya sangre había formado un gran charco oscuro. Al girar a la derecha, vieron que el pasillo terminaba en una puerta. Supusieron que llevaba al vestíbulo, aunque no estaban seguros; el diseño laberíntico del caserón lo hacía parecer aún más grande por dentro.

—Mierda, otra puerta que está cerrada —dijo Laura cuando intentó abrirla.

—¿El monstruo podría tener la llave? —preguntó Hugo.

—¡Bien pensado! Si utilizó una llave para encerrarnos en el sótano, quizá lleve más encima.

A un lado de la puerta había un pequeño espacio con una ventana enrejada, un rincón que, años atrás, seguramente habría estado decorado con cuadros y un sillón. Antonio se asomó a la ventana. Afuera se veía un sombrío jardín cubierto de maleza empapada por la lluvia. Las nubes de tormenta empezaban a dispersarse, revelando un cielo gris plomizo que indicaba la llegada de la noche. Mientras contemplaba el oscuro paisaje, tuvo el presentimiento de que algo terrible iba a suceder, una desgracia inevitable, y se sintió embargado por una repentina desesperanza.

—Yo esperaré aquí. Me encuentro muy mareado —dijo con voz apagada.

—Será por la pérdida de sangre. Bien, descansa un poco. —Laura se volvió hacia Hugo—. ¿Quieres venir conmigo a por la llave?

Como respuesta, Hugo le cogió la mano y devolvió la linterna a Antonio.

Mientras esperaba en el rincón, Antonio se sentó en el suelo y, lentamente, con expresión melancólica, comenzó a hundirse en la oscuridad de sus pensamientos. Recordó un día lejano, cuando su padre se enfadó con él por una travesura sin importancia —entonces solo era un chiquillo— y, en un arranque de ira, le dio un bofetón tan violento que lo tiró al suelo. Sintió un dolor atroz en la cara, pero, asustado por aquella agresividad, se quedó inmóvil, mudo, y ni siquiera lloró. Fue un suceso traumático. Treinta años después, habiéndose convertido él en padre, repitió la misma brutalidad innecesaria con su hijo menor: le cruzó la cara con tanta fuerza que las gafas del niño salieron disparadas por el aire, y todo fue porque no había hecho los deberes.

—Así es como hace las cosas un hombre de verdad —dijo una voz misteriosa.

Antonio dirigió la linterna hacia el pasillo. No vio a nadie. Supuso que lo había imaginado, pero volvió a escuchar la voz:

—A veces, un poco de mano dura es necesaria.

—¿Qué dices? ¿Quién demonios está hablando?

—En el fondo sabes que es cierto, igual que lo sabía tu padre. No se puede tolerar la mala conducta. ¡Hay que enseñar disciplina!

—Bueno, sí, pero...

—La falta de respeto es inaceptable. Y no solo en casa, también en el trabajo.

—Todos me respetan en el trabajo.

—¿Seguro? ¿Y qué me dices de tu compañera? Esa novata de ciudad que va de listilla. Te menosprecia. ¿No te das cuenta?

—La verdad es que hoy está siendo demasiado insolente conmigo... pero la deseo tanto.

—Tú eres muy inteligente, educado, habilidoso, varonil. Ella debería corresponderte; sin embargo, ha menospreciado tus sentimientos. No te extrañe que ahora mismo se esté burlando de ti con ese niñato. ¡Tienes que enseñarla a respetarte! Por las buenas o por las malas. ¡Hazlo! Y entonces todo irá bien, te lo aseguro. Te sentirás mejor y podrás relajarte tomando un buen coñac.

—Pues tal vez tengas razón, aunque primero necesito saber qué siente en realidad por mí.

Escuchó los pasos de Laura y de Hugo acercándose por el pasillo y, de pronto, se dio cuenta de que había caído en un extraño adormecimiento. Mientras recobraba el sentido, se preguntó si la inquietante conversación que acababa de tener había sido real o tan solo un sueño.

—Hemos tenido suerte —le dijo Laura—. El siervo de Arabyssel llevaba encima lo que parece una llave maestra. Ha sido muy asqueroso quitársela; estaba llena de sangre. Me resulta tan difícil asimilar lo que ha pasado...

Antonio no respondió. Solo la miró con ojos sombríos.

—¿Qué sucede? —Laura comprendió al instante que algo iba mal.

—Tenemos que hablar.

—¿Hablar? ¿Sobre qué?

—Sobre lo que siento por ti... Seguro que ya lo sabes desde hace tiempo: para mí eres mucho más que una compañera de trabajo. No podemos seguir fingiendo que no pasa nada.

—¿A qué viene esto ahora? Lo único que debe importarnos es sacar a Hugo de aquí. Tenemos que conseguir que vuelva a casa sano y salvo.

—Pero ¿qué hay de malo en mí? Dime. ¿Es porque estoy casado? ¿Ese es el problema? Pues deberías saber que prefiero estar contigo antes que con mi esposa.

Laura se mordió la lengua para reprimir sus pensamientos. No quería provocar a su compañero, que otra vez mostraba una actitud irracional. Lo más inquietante no eran sus palabras, sino la rabia con que las pronunciaba y la expresión siniestra que se había dibujado en su rostro. Por precaución, le hizo un gesto a Hugo para que se mantuviera alejado de ellos.

—¿Me oyes? Dejaría a mi esposa por ti —insistió Antonio—. Y estoy totalmente convencido de que, en el fondo, deseas tanto como yo que eso suceda, ¿verdad?

—Lo siento, pero no es así. Me parece que estás un poco confundido.

—¡Y una mierda! Lo que pasa es que escondes tus verdaderos sentimientos. Dejemos de fingir que no hay un deseo reprimido entre nosotros. ¡Ya es hora de hacerlo realidad!

—Antonio, tienes que centrarte. Haz un esfuerzo para ponerte en pie y salgamos de este sitio de una vez. Ya hablaremos más tarde. Ahora no es importante...

—¡Claro que es importante, joder, claro que sí! —rugió Antonio con una ira incontrolable que le hervía por dentro, ansiosa por salir como lava de un volcán—. ¿Acaso quieres hacerme daño con tus evasivas? ¿Eso quieres? ¡Por el amor de Dios, sé sincera y dime de una vez lo que sientes por mí!

—Lo único que siento es una amistad entre compañeros. Eso es todo. No tengo nada que confesar; no hay ningún tipo de amor o deseo que esté ocultando ante nadie, te lo aseguro. Y ahora, por fa-

vor, recupera la compostura, sé un hombre y leván-
tate para que podamos marcharnos.

—¿Que sea un hombre...?

De pronto, Antonio volvió a escuchar la voz
misteriosa, y fue consciente de que no sonaba en el
entorno, sino dentro de su cabeza: «No permitas
que te falte al respeto. Sabes lo que tienes que hacer.
¡Hazlo! ¡Vamos, hazlo! Te sentirás mucho mejor y
podrás marcharte tranquilo a disfrutar de un buen
coñac».

Los ojos del veterano policía destellaron con
un brillo malicioso, y una de sus manos se deslizó
hacia la empuñadura de la porra.

Laura se inclinó para ayudarlo a levantarse, sin
darse cuenta de sus intenciones. Nunca habría imaginado una agresión de su compañero, por eso reaccionó demasiado tarde para evitar el golpe: la porra
impactó en su cara, dejándola aturdida, con un estallido de dolor y un reguero de sangre cayéndole
por la nariz. Solo pasaron unos segundos cuando
vio la porra alzándose de nuevo contra ella. Esta vez
no la cogió desprevenida y, gracias a sus buenos re-
flejos, se echó hacia atrás justo a tiempo y respondió
con una fuerte patada.

Lejos de calmarse tras la brutal agresión, Antonio sintió otra oleada de ira que lo llevó al borde de
la locura. Dejó caer la porra y desenfundó la pistola,
decidido a usarla, pero antes de apretar el gatillo se

percató de que iba a matar a su compañera, a quien tanto deseaba. Fue un instante de duda que permitió a Laura escabullirse y salir de su alcance.

Volvió a quedarse solo en aquel rincón del pasillo, bajo la ventana polvorienta que mostraba el crepúsculo, mascullando insultos y maldiciones. Todavía le quedaba un resquicio de conciencia, la justa para reconocer que acababa de perder la cabeza, aunque no la suficiente como para evitarlo.

IV

El cobertizo ganadero

Hugo estaba acostumbrado a las discusiones de sus padres, tanto que había aprendido a abstraerse para no escucharlas. Sabía que la mayoría de las veces alzaban la voz por asuntos sin importancia, pero le resultaban desagradables, sobre todo tras saber que algunos de sus amigos tenían padres separados. Esa costumbre hizo que tampoco ahora prestase atención a los dos policías cuando empezaron a discutir en el oscuro rincón del pasillo.

Ignorando la gravedad de la situación, se puso a observar con la linterna de Laura una enorme telaraña de tipo irregular que colgaba del techo, tan grande que podría meterse dentro.

«¿Qué tipo de araña puede hacer esto?», se preguntó. «¿Para qué la habrá construido de ese tamaño? ¿Será para atrapar animales grandes... o quizá niños?».

Como si hubiese escuchado sus pensamientos, apareció una araña de patas largas y se situó en el borde de la telaraña, quedando expuesta y vigilante. Hugo se acercó para observarla mejor. No le daban miedo los arácnidos ni los insectos; de hecho, le gustaban —tenía libros sobre ellos—, pero pronto comprendió que estaba frente a una criatura del todo desconocida. Aunque tenía el aspecto de una araña, sus rasgos eran tan extraños que parecía proceder de otro mundo. Sintió un escalofrío al advertir que el pequeño monstruo lo miraba fijamente con sus múltiples ojos, provocando que su curiosidad se convirtiera en miedo.

Entonces notó que algo le agarraba del brazo. Giró la cabeza con un sobresalto y, a punto de lanzar un grito de horror, vio que era Laura.

Sin tiempo para dar explicaciones, Laura le exigió a Hugo que la siguiera. El tono de su voz, la expresión de su rostro y la sangre que le brotaba de la nariz bastaban para alertar del peligro que corrían. Seguía mareada por el golpe que le había dado Antonio, pero hizo un esfuerzo por actuar con rapidez y se llevó al niño por el pasillo a toda prisa, tirando de su pequeño brazo.

Al doblar la esquina, se detuvo, tomó aliento y asomó la cabeza para comprobar si su compañero los seguía. De momento, permanecía quieto en el rincón, sumido en su locura.

—¿Qué está pasando? —preguntó Hugo, muy alarmado.

—Antonio ha perdido totalmente la cabeza y me ha atacado con la porra.

—¿Te ha atacado? ¿Pero por qué?

Antes de responder, Laura se limpió la sangre que le mojaba los labios y se le filtraba en la boca. Su sabor metálico nunca le había resultado tan desagradable.

—No lo sé, no puedo entenderlo... Ya ha perdido el control varias veces desde que estamos aquí, sobre todo cuando nos hemos enfrentado al monstruo del machete, y además lleva un buen rato con jaqueca y fiebre. Pero nada justifica esto que me ha hecho. Jamás habría imaginado que fuera capaz de algo así.

—A lo mejor la Masía Negra es quien tiene la culpa. Ya sabes que está maldita. Podría estar haciendo que él también se convierta poco a poco en un monstruo.

—¿La masía? No lo creo —Laura giró la cabeza y miró hacia las sombras del pasillo, donde yacía el siervo de Arabyssel—. Bueno, en cualquier caso, no nos quedaremos para comprobarlo; nos iremos sin Antonio. ¡Que ahí se pudra!

—Lo malo es que está sentado junto a la puerta que lleva a la salida y no nos dejará pasar.

—Uf, tienes razón. Resulta que ahora mi propio compañero se ha convertido en un obstáculo que nos obliga a retroceder. Pero se me ocurre una solución: podemos ir a la puerta trasera de la masía y utilizar la llave maestra para abrirla. Y luego la cerramos para que Antonio no pueda seguirnos.

En ese momento, oyeron ruidos y vieron una luz moviéndose al final del pasillo. Antonio se había levantado y caminaba torpe hacia ellos, arrastrando los pies, con la linterna en una mano y la pistola en la otra. Su cuerpo necesitaba descansar, pero su mente, atrapada en una obsesión incontrolable por Laura, lo empujaba hacia ella.

—¡Ven aquí, maldita sea! ¡Te voy a dar tu merecido! —exclamó, fuera de sí—. ¿Cómo te atreves a despreciarme de esa forma? ¡Te enseñaré a no faltarme al respeto!

Laura apretó los puños, reprimiendo el impulso de responder. Tenía que mantener la entereza porque ahora solo estaba ella para proteger al niño. Huyeron rápido, en silencio, con la esperanza de que Antonio no tuviera fuerzas para alcanzarlos. Dejaron atrás el cadáver del siervo de Arabyssel, pasaron junto a la boca negra del sótano por donde habían salido antes y, tras girar a la derecha, llegaron al otro extremo del pasillo.

—Parece un laberinto —murmuró Hugo, nervioso y asustado, mientras observaba las puertas.

Entraron en la última habitación del pasillo, confiando en encontrar allí la salida trasera. Vieron un banco de trabajo cubierto de polvo, varios paneles de metal colgados en las paredes y muchos restos de madera amontonados en un rincón. Aquella estancia era un viejo taller de carpintería, en el que reinaba la misma desolación, la misma lobreguez, que en toda la Masía Negra. Al fondo, junto a un ventanuco abierto, había una puerta rústica de madera que conducía al exterior.

Laura contuvo la emoción y agudizó el oído, tratando de saber la posición de Antonio. Podía escucharlo sin dificultad, ya que era bastante ruidoso y hablaba en voz alta consigo mismo. Un cazador torpe, descuidado, aunque también extremadamente peligroso, capaz de matarlos a distancia con la pistola. No tardaría en doblar la esquina del oscuro pasillo, y entonces vería la luz de la linterna que llevaba Hugo.

«¡Vamos, date prisa!», se dijo Laura, esforzándose para que el miedo no la hiciese vacilar. «Abre la puerta y saca al niño... Y después deja encerrado aquí dentro a ese hijo de perra. ¡Que la Guardia Civil se ocupe de él!».

Introdujo la llave maestra en la cerradura. Estaba un poco oxidada y tenía que forcejear para girarla, pero antes de hacerlo se detuvo al escuchar un sonido que procedía del interior del taller. Era tan débil que no supo identificarlo; aun así, la invadió un mal presentimiento.

—¿Puedes iluminar ese rincón? —pidió a Hugo, con la esperanza de no descubrir nada a lo que temer.

Cuando el haz de la linterna iluminó el montón de madera vieja, el sonido volvió a escucharse; esta vez con mayor claridad: era una especie de chillido agudo y breve. De repente, comenzaron a salir de allí ratas en gran número, ratas enormes que superaban el medio metro de largo. Todas se movían frenéticas de un lado a otro y emitían molestos chillidos.

Laura sintió un terror súbito. Intentó abrir la puerta con desesperación, pero no era capaz de introducir la llave de nuevo, ya que las manos le temblaban y sudaban. Las ratas corrían inquietas a su alrededor, mirándola de forma amenazante con sus rojas pupilas adaptadas a la oscuridad. Notaba cómo le rozaban las piernas al pasar corriendo, cómo le daban pequeños mordiscos punzantes, quizá para comprobar si podían alimentarse de ella. Escondido detrás estaba Hugo, agitando la linterna frenéticamente para ahuyentar a los voraces roedores mientras gritaba con desesperación: «¡Abre la puerta, abre la puerta!».

El espanto y la angustia se volvían insoportables. La idea horrible de morir devorados por las ratas comenzaba a tomar forma. Ya estaban completamente acorralados cuando, después de varios intentos, la llave entró en la cerradura. Salieron disparados de aquella casa del horror, seguidos por algunas ratas que, al verse fuera de la masía, se escondieron de inmediato entre la densa vegetación.

La tormenta había cesado por completo. Las nubes grises empezaban a disiparse, dejando huecos por donde la luna llena se asomaba, grande y brillante, ayudando a ver en la noche. La lluvia había sido abundante y ahora el camino que rodeaba la masía estaba surcado de charcos. El aire fresco del campo entró en los pulmones de Laura y Hugo: una sensación placentera tras haber inspirado durante horas un aire viciado y nauseabundo. Todavía no estaban a salvo, les faltaba llegar al coche, aunque verse por fin en el exterior les produjo un inmenso alivio.

—¿Estás herido? —preguntó Laura al niño. Ambos seguían temblando, con el pulso y la respiración acelerados.

—Creo que no... Pero ya no puedo más, estoy harto de este sitio. ¡Quiero irme a casa!

—Ya falta poco. Pronto estarás con tus padres y todo esto te parecerá un mal sueño.

—¡Te han mordido! —Hugo señaló la parte baja de los pantalones de Laura, roídos y manchados de sangre—. ¿Te duele?

—Siento un ardor, como si fuesen pequeñas quemaduras. Tendrán que ponerme antibióticos, o seguro que se infecta. Y también la vacuna contra la rabia. ¡Uf!, después de esto me parece que voy a tener miedo a las ratas toda mi vida...

Una luz inquieta apareció en el viejo taller de la masía, poniendo fin al breve momento de calma. En la desesperación por escapar de los feroces roedores, se habían olvidado de Antonio y de cerrar la puerta con llave. Laura se reprochó el descuido, pero reaccionó al instante. Decidió que, en lugar de huir por el camino encharcado, la mejor opción sería apagar la linterna que llevaba Hugo y esconderse entre la abundante maleza que rodeaba el antiguo edificio. De este modo, evitarían que el policía enloquecido pudiera dispararles por la espalda mientras los perseguía.

Las ratas seguían correteando por el taller cuando entró Antonio. No fueron agresivas con él, solo lo miraron con indiferencia, como si supieran que su presencia estaba permitida. Luego volvieron a adentrarse en el montón de madera vieja, bajo el cual habían excavado largos túneles tras agujerear el suelo. Antonio comprobó que los enormes roedores no suponían una amenaza y se dirigió hacia la puerta entreabierta.

Nada más salir, lanzó una mirada neurótica en todas direcciones, esperando ver la luz de una linterna en la oscuridad, y comenzó a murmurar para sí mismo:

—¿Dónde se han metido esos desgraciados? Seguro que están yendo hacia el coche patrulla. ¡Joder! Tengo que hacer un esfuerzo para alcanzarlos antes de que consigan escapar... —De pronto, se quedó callado unos segundos e inclinó la cabeza hacia un lado, escuchando algo con atención—. ¿Qué dices? ¿De verdad se han escondido y se están burlando de mí...? ¡Ah, por supuesto que les daré el castigo que se merecen! ¡Ya lo verás!

* * *

Lo que años antes había sido un huerto de hortalizas, ahora estaba cubierto por matas leñosas y pequeños arbustos que aprovechaban la tierra fértil para crecer en abundancia. Un buen sitio para que Laura y Hugo pudieran esconderse de su perseguidor, aunque a costa de acabar llenos de rasguños. Además, como sus ojos se habían acostumbrado a la falta de luz, podían adentrarse en aquella masa vegetal con la linterna apagada.

Se quedaron inmóviles y contuvieron la respiración cuando Antonio cruzó la puerta. A través del espeso follaje vieron cómo movía la linterna de un lado a otro, buscándolos con ansia frenética, hasta que comenzó a alejarse por el camino. Ellos siguieron ocultos entre la maleza sin hacer ruido, esperando a que estuviera lo bastante lejos.

—No te muevas ni enciendas la linterna —susurró Laura a Hugo—. Voy a ponerme en otro sitio, este arbusto me tapa la vista, pero volveré enseguida, ¿vale?

Hugo asintió con la cabeza, sin reparos en obedecerla.

La luz de la linterna que llevaba Antonio desapareció tras la esquina de la casa. Laura supuso que lo habían despistado y decidió que era el momento de seguir. Sin embargo, cuando se disponía a volver con el niño —solo estaba a unos pocos pasos de distancia—, vio su silueta pequeña moviéndose entre la maleza, como si algo lo hubiese asustado.

Trató de seguirlo, aunque era difícil por la escasa visibilidad. Repetidas veces tuvo que detenerse para escuchar los crujidos de la vegetación y no perder su rastro. Cada vez más angustiada, a punto estuvo de llamarlo con un grito cuando, de repente, se encontró con una siniestra caseta surgida de entre las sombras.

Estaba construida de manera tosca, con paredes de ladrillo sin revestir que sostenían un techo de madera, nada comparable con la imponente masía que se alzaba cerca de ella. Parecía una caseta de aperos, de las que son habituales en el campo para guardar herramientas agrícolas y refugiarse de la lluvia. Tras años de abandono, su aspecto era completamente ruinoso, con grietas y agujeros por todas partes. Si no fuera por el suelo de cemento que la rodeaba, lo más probable es que hubiera acabado engullida por la vegetación.

Laura se acercó con cautela, sintiendo un temor que crecía a cada paso. «Seguro que ha entrado aquí, pero ¿por qué?», se preguntó. «Es un sitio espeluznante y parece que el techo podría llegar a derrumbarse».

La puerta, llena de carcoma y moho, se mantenía en pie con dificultad, sujeta apenas por una bisagra oxidada. Dos ventanas y varios agujeros en el techo dejaban entrar algo de luz nocturna, aunque no la suficiente para mostrar el oscuro interior. Por suerte, Laura llevaba el teléfono móvil y, mediante una aplicación de linterna, pudo iluminar la caseta.

Esperaba ver herramientas agrícolas cubiertas de polvo, y en cambio se encontró con varias jaulas de hierro. Todas estaban alineadas junto a la pared y su amplio tamaño —unos dos metros de lado por otros dos de alto— sugería que se habían utilizado para encerrar animales grandes, como mulas, caballos, cerdos... o tal vez incluso humanos. Dentro de las jaulas no quedaba nada, excepto manchas secas en el suelo que podían ser de orina y sangre. Laura sintió un escalofrío por todo el cuerpo al imaginar a los nueve desaparecidos allí encerrados, sometidos a una cruel tortura durante meses.

Recordó que en los informes se mencionaba un cobertizo ganadero, aunque se le daba poca importancia para la investigación. Le pareció extraño que, durante el registro que hizo la Guardia Civil, aquella caseta tan perturbadora no hubiese despertado una especial sospecha.

A pesar de que su instinto le alertaba de un peligro inminente, la preocupación por el niño era más fuerte, así que reunió todo su valor y se adentró hacia el fondo, pasando entre las jaulas con sigilo. Entonces oyó unos ruidos. Pensó en Hugo, quizá tratando de esconderse en un rincón oscuro, como había hecho antes en el sótano, pero enseguida supo que no era él. Allí dentro había otra cosa, algo que se movía furtivamente por las paredes.

—¿Dónde estás? —preguntó con voz temblorosa—. Por favor, Hugo, ven conmigo. Este sitio no es seguro.

Tras sus palabras, solo escuchó el movimiento de la criatura que la acechaba. Cuando intentó iluminarla con la luz del móvil, apenas logró distinguir una sombra que se deslizaba con rapidez, recorriendo las paredes y el techo, dejando un rastro de hedor insoportable por todas partes. Finalmente, la criatura saltó dentro de una jaula.

Laura desenfundó la pistola y dio unos pasos hacia atrás. «Solo es un animal salvaje», se repitió sin estar del todo convencida.

Dos patas largas y peludas asomaron por la puerta de la jaula y, como si estuvieran hechas de un material elástico, comenzaron a alargarse. Poco a poco, la criatura agrandó todo su cuerpo, haciéndose enorme y completamente visible. Era la araña monstruosa del pozo, inconfundible por su cabeza alargada con una cresta ósea. Ahora, sus horribles patas alcanzaban varios metros de largo y sus múltiples ojos negros se dirigían hacia abajo para mirar a Laura.

—¡Ríndete! —ordenó con voz cavernosa. Una voz que no se escuchaba con los oídos, sino que llegaba directamente al cerebro.

Atónita, la policía no respondió. Hizo un esfuerzo para apuntar al monstruo con la pistola, pero sus manos temblaban de forma incontrolable y le costaba sostener el arma con firmeza.

—¡Ríndete y todos viviréis! —insistió la araña gigante.

—¿Dónde... dónde está Hugo? ¿Le has hecho algo?

—Te preocupa ese niño por encima de todo, y yo puedo hacer que salga de aquí sin sufrir ningún daño. ¿No es eso lo que quieres?

—Sí, por supuesto.

—Pero a cambio, te exijo que dejes de luchar y te unas a nosotros.

Laura hizo un esfuerzo por controlar el miedo e intentó convencerse de que estaba ante otra horrible visión. «No pierdas la cabeza, joder. Esa cosa no es real. ¿Qué sentido tiene ponerse a negociar con ella?».

—No te tengo miedo, seas lo que seas. Me marcharé con Hugo y no podrás evitarlo.

—Fascinante —dijo la criatura con una ligera sacudida—. Estás aterrorizada; puedo escuchar los latidos desbocados de tu frágil corazón... Pese a ello, tienes una mente difícil de doblegar. Me resultan interesantes los humanos como tú.

Laura sintió una ansiedad abrasadora, similar a la de un adicto que intenta resistirse al destructivo placer de su adicción. Era el monstruo tratando de quebrar su voluntad, igual que había hecho con su compañero. Pero ella no iba a permitirlo. Haciendo un gran esfuerzo, apoyó el dedo en el gatillo y disparó. La araña no mostró el menor signo de daño, sin embargo, se desvaneció por completo, como humo arrastrado por el viento, dejando a la policía allí perpleja.

Cuando salió de su estupor, dirigió la luz del móvil en todas direcciones para asegurarse de que la criatura ya no estaba. Entonces vio la pequeña cabeza de un niño asomándose por la puerta.

—¡Hugo, qué alivio! ¿Dónde estabas?

—Me habías dicho que no me moviera, que volverías enseguida, pero te has puesto a correr por los arbustos —protestó el niño, disgustado. Tenía arañazos en la cara por el roce con la vegetación—. Era imposible seguirte, ibas demasiado rápido y he acabado perdido... Hasta que, de repente, he oído un disparo que venía de este sitio.

—Lo siento mucho. Te aseguro que no era mi intención dejarte solo. Al parecer, he tenido una alucinación en la que entrabas en esta caseta, pero en vez de encontrarte he visto un monstruo enorme. Era tan real...

—¿De verdad? Yo también he visto cosas muy raras. —Hugo hizo una mueca de asco y se tapó la nariz—. ¡Uf, qué mal huele aquí! ¿Es una granja abandonada o algo así?

—Espera, es mejor que no entres. Está en ruinas y podrías hacerte daño. Ahora salgo yo.

Antes de llegar junto a él, apareció una segunda cabeza por la puerta, seguida de un brazo ensangrentado que rodeó el frágil cuello del niño.

—¡Os pillé!

Antonio también había escuchado el disparo. Se encontraba cerca, buscándolos, tras haber fingido que se alejaba hacia el coche patrulla. Sabía que estaban escondidos, ya que la voz misteriosa se lo había revelado.

—Pensabais que ibais a engañarme, ¿eh? —dijo con una sonrisa malévola y una mirada cargada de ira.

Sin soltar al niño, observó con la linterna el interior de la caseta. Su rostro, desencajado por la locura, mostró un atisbo de curiosidad por aquel lugar. Laura se dio cuenta y aprovechó para intentar razonar con él, usando un tono amable mientras, por dentro, deseaba romperle el brazo con el que sujetaba a Hugo.

—¿No te parece sospechoso este sitio? Tal vez aquí estén las pruebas que llevamos tanto tiempo buscando. Por fin podríamos demostrar que la secta secuestraba a la gente del pueblo.

El veterano policía observó la caseta en completo silencio, con aire pensativo, de modo que Laura prosiguió.

—Si los de criminalística hiciesen una inspección a fondo, seguro que encontrarían restos de los desaparecidos. Tenemos que ir a la comisaría para informar de todo y llevar a Hugo. No mencionaré lo que ha pasado entre nosotros, ¿de acuerdo?

—Ah, ya lo recuerdo, es el cobertizo ganadero. No se parece mucho a la descripción que me hicieron esos inútiles —respondió Antonio, que parecía hablar consigo mismo—. En estas jaulas asquerosas solo encontraron sangre y pelos de animales... pero ¿y si había algo más? Esos malnacidos de la secta son buenos ocultando pruebas, no lo podemos negar. —Lanzó una mirada febril a Laura—. Está claro que parece un lugar ideal para tener a personas encerradas... y por eso me viene perfecto.

—¿A qué te refieres?

—Estas jaulas me serán de mucha utilidad. Son justo lo que necesito. ¡Os voy a encerrar en ellas! ¡Seréis mis prisioneros hasta que aprendáis a respetarme, o hasta que tú aceptes, de una vez por todas, que me amas!

—Pero ¿qué dices? ¿No te das cuenta de las barbaridades que...? —Su voz se quebró de golpe al ver que Antonio apuntaba a la cabeza de Hugo con la pistola.

—Pórtate bien si no quieres que el renacuajo sufra las consecuencias. Deja el arma y el teléfono en el suelo, y también el cinturón.

Laura obedeció con resignación, aunque lo hizo muy despacio, intentando ganar tiempo mientras pensaba en alguna forma de detenerlo. Antonio la observó con los ojos llenos de placer maligno. Luego le ordenó:

—Ahora entra en una jaula, y no hagas nada raro, ¿me oyes?

—Está bien, tranquilo. Vamos a calmarnos todos. Tú también, Hugo. Tienes que hacer lo que él te diga sin protestar.

—Vale... —balbuceó el niño mientras notaba el cañón de la pistola en su cabeza.

Laura sentía una rabia inmensa. Deseaba gritar y abalanzarse sobre su compañero como un gato enfurecido, pero se esforzó por contenerse y por fingir docilidad, sabiendo que de esta forma conseguiría que bajase la guardia. Solo en ese momento sería oportuno actuar.

Todas las jaulas parecían iguales: el mismo tamaño, la misma puerta de barrotes oxidados, la misma capa de mugre. Entró en una cualquiera, cabizbaja y pensativa, dejando la puerta entreabierta.

Antonio caminó hacia ella, tirando del niño con brusquedad. Aunque estaba al límite de sus fuerzas, su frenesí y enajenación le permitían aguantar, como si estuviese bajo el efecto de potentes drogas que lo desconectaban del agotamiento. Entonces, con voz intensa y autoritaria, comenzó a recitar un fragmento de texto bíblico:

—El Señor dijo a Moisés: «Levanta los brazos al cielo, para que todo Egipto se cubra de tinieblas, ¡tinieblas tan densas que se puedan palpar!». Moisés levantó los brazos al cielo, y durante tres días todo Egipto quedó envuelto en densas tinieblas. Durante ese tiempo los egipcios no podían verse unos a otros ni moverse de su sitio. Sin embargo, en todos los hogares de los hijos de Israel había luz.

Pronunciar aquellas palabras le produjo una sensación de bienestar, convencido de que su devoción religiosa bastaba para justificar sus actos, por muy desmedidos que fueran.

Cerró la puerta de la jaula mientras su prisionera permanecía en el interior, atenta e inmóvil. Vio que faltaba el candado y lo buscó en el suelo, hasta que se le ocurrió bloquear la puerta colocando las esposas entre los barrotes.

—¡Eh, capullo, levanta la vista! —exclamó Laura de pronto.

Antonio le dirigió una mirada fría y perversa, pero su gesto se descompuso al recibir un chorro de líquido irritante en el rostro. Sintió un dolor insoportable en los ojos, como si le ardieran por dentro. Sus fuertes alaridos debieron escucharse en toda la masía. Incapaz de resistir el impulso de llevarse las manos a la cara, dejó caer las esposas y soltó al niño casi sin darse cuenta.

Laura siempre llevaba un espray de pimienta en el cinturón policial y había logrado esconderlo en un bolsillo antes de entrar en la jaula.

Además de la irritación que le impedía abrir los párpados, Antonio comenzó a sufrir un ataque de tos violenta e incontrolable. Pero no fue suficiente para detenerlo; al contrario, avivó todavía más su locura y su rabia. Llevado por este impulso, alzó la pistola en dirección a su compañera y disparó varias veces, totalmente a ciegas, esperando que alguna bala acertase.

Y así fue.

Laura sintió un pinchazo en el costado izquierdo, seguido de la humedad de la sangre que empezaba a fluir. Se quedó helada, mirando cómo la mancha roja crecía poco a poco en su camisa. Estaba convencida de que iba a sufrir tanto dolor que se desplomaría; sin embargo, su cuerpo reaccionó entrando en un estado de supervivencia que retrasó los efectos más graves del disparo. Consciente de que esto le permitía resistir, aunque solo por un tiempo breve, dejó a un lado el temor por su vida y se dispuso a seguir con el enfrentamiento. Abrió la puerta de la jaula y cogió las esposas de Antonio para usarlas a modo de arma improvisada, como una especie de puño americano.

Mientras tanto, Antonio gritaba un sinfín de insultos, consumido por la rabia, y trataba de abrir los ojos para comprobar el resultado de los disparos, aunque el dolor se lo impedía. De repente, sintió el impacto de un objeto metálico contra su cabeza: un golpe brutal que lo hizo tambalearse como un boxeador noqueado. Cayó al suelo de espaldas, quedando en un estado semiconsciente que puso fin a su arrebato de violencia.

No pudo hacer nada, apenas balbucear algo incomprensible, mientras su compañera lo esposaba con firmeza a los barrotes metálicos de una jaula y arrojaba lejos las llaves.

Sin perder ni un segundo, Laura cogió a Hugo de la mano y lo llevó de nuevo al denso matorral que rodeaba la caseta, bajo la luz plateada de la luna llena. Podía notar cómo las fuerzas se le escapaban a medida que la sangre salía a borbotones de su herida. Empezó a sentirse mareada y desorientada, pero Hugo la ayudó. Era un chico valiente que no perdía la voluntad de ser útil, pese a llevar largas horas sufriendo un terror constante. Gracias a él, consiguieron cruzar la maraña vegetal y regresar al camino que rodeaba la masía.

No podían permitirse descansar: era urgente la atención médica, así que corrieron lo más rápido posible hacia el portón metálico que daba al exterior de la finca, con la sensación aterradora de que unos tentáculos se extendían hacia ellos.

Cuando llegaron al coche patrulla, rápidamente se encerraron dentro en busca de seguridad. Laura llamó entonces a la comisaría, aunque solo tuvo fuerzas para decir, con un hilo de voz, que necesitaba una ambulancia de inmediato y que estaba con el niño. Intentó frenar la hemorragia aplicando presión sobre la herida, pero fue imposible detenerla. Empezó a ponerse pálida, a sentir cómo bajaba su temperatura, a perder la movilidad en las extremidades. Sabía que le quedaba poco tiempo, y por su mente cruzó la terrible imagen del espectro alado de la Muerte, volando alrededor del coche, atento y a la espera.

Miró a Hugo con los ojos entrecerrados y sintió el consuelo de haberlo puesto a salvo. Al ver que lloraba de preocupación por ella, le dedicó una sonrisa tierna con sus últimas fuerzas para intentar calmarlo. En ese instante, todo se volvió negro y perdió la conciencia.

* * *

—Creo que está despertando —dijo una voz que le resultaba familiar.

Con expresión soñolienta, Laura miró a su alrededor. Su último recuerdo era dentro del coche patrulla, al borde de la muerte; ahora, sin embargo, se encontraba en una habitación desconocida, tumbada en una cama bajo una manta blanca.

—¿Cómo te encuentras, cariño? —preguntó la voz familiar.

—¿Mamá?

—Sí, soy yo.

—¿Dónde estoy?

—En el hospital. Ayer te operaron de urgencia, pero todo ha salido bien y ya estás totalmente fuera de peligro.

Laura levantó con cuidado la manta y comprobó que tenía un vendaje en el lado izquierdo del abdomen, donde había recibido el disparo. Vio también el pequeño tubo de una vía intravenosa que salía de su brazo. Suspiró al recordar la enorme cantidad de sangre que había brotado de la herida, y le pareció increíble que su cuerpo no se hubiese desangrado por completo.

Los rostros de sus padres, ambos junto a la cama, se volvieron poco a poco más nítidos.

—¿Os han dicho los médicos si tengo algún órgano afectado?

—El colon, pero no es grave, no te preocupes —respondió su padre—. La bala no llegó a perforarlo del todo. Los cirujanos han podido repararlo sin problemas.

—Creo que me desmayé después de llamar a la comisaría... ¿Sabéis qué pasó mientras estuve inconsciente?

—Eso mejor que te lo cuente él —y tras estas palabras, su padre abrió la puerta de la habitación e invitó a entrar a un policía que aguardaba fuera. Era el comisario Ferrer.

Después de elogiar a Laura por su trabajo y su coraje, el comisario le explicó los sucesos que desconocía, empezando por lo que había pasado en la comisaría tras haberse marchado con Antonio. Le dijo que Sofía se recuperó con solo descansar un rato en el sofá, y que enseguida quiso irse a su casa, deseando darse una buena ducha. Rechazó la oferta de los agentes de llevarla al ambulatorio o a su domicilio, aunque les dio un teléfono de contacto. Pudieron hablar con su madre para informarla, lo que fue complicado porque no entendía bien ni el castellano ni el valenciano.

También le comentó que los padres de Hugo llegaron a la comisaría muy alterados. No dejaban de hacer preguntas ni de repetir con insistencia los rumores tenebrosos sobre la Masía Negra. Incapaces de calmarse, salían a la calle una y otra vez para fumar. Todos los policías allí presentes también estaban intranquilos por la tardanza, aunque se contenían mejor. Si bien confiaban en ella y en Antonio para encontrar al niño, a medida que pasaban las horas, se hacían más presentes los recuerdos de las desapariciones inexplicables.

Le informó que, cuando recibieron su llamada, dos agentes ya estaban listos para ir a la masía, por eso no tardaron en coger el coche patrulla y salir en su ayuda. Pero antes recibieron una clara indicación: si había alguien herido de gravedad, debían llevarlo a toda prisa al área de urgencias del ambulatorio, sin perder ni un segundo. Así podrían garantizar una atención médica rápida mientras esperaban a la ambulancia, por si esta se retrasaba —nada extraño en un pueblo alejado—. Y eso fue lo que hicieron cuando la encontraron en el asiento del coche, cubierta de sangre, inconsciente y al borde de la muerte.

—¿Cómo está Hugo? —preguntó Laura al comisario tras escucharlo atentamente.

—Se encuentra bien, solo un poco traumatizado. Cuando lo llevaron al ambulatorio contigo, los médicos se limitaron a curarle arañazos. Al rato, después de contarme todo lo que pasó en la masía, se marchó a casa con sus padres. Ha cumplido la misión con creces, agente Laura.

—Menos mal. —Sonrió aliviada y satisfecha, pero enseguida torció el gesto—. Oye, ¿por qué estabas en la puerta como si hicieras guardia?

—Porque eso mismo estaba haciendo. Tenemos el testimonio de Hugo y la bala que te extrajeron los médicos como pruebas de que Antonio intentó matarte. ¿Quién lo iba a decir? Lo conozco hace muchos años y me cuesta asimilar ese arrebato asesino.

—Se volvió completamente loco. Ni te lo imaginas... Pero sigo sin comprender. ¿Para qué necesito vigilancia si Antonio ya debería estar en el calabozo?

—Lamento decirte que todavía no lo hemos detenido. Agentes de la Policía Local y de la Guardia Civil lo están buscando por todas partes; es nuestra prioridad máxima, sin embargo, aún no sabemos dónde se ha metido, por eso hemos establecido turnos de guardia en el hospital. Es lo normal en estos casos.

—¡No puede ser! Lo dejé en una caseta que hay cerca de la masía. ¿Habéis mirado allí?

—Hugo me explicó lo del cobertizo ganadero. El caso es que, cuando llegamos, no había nadie.

—Estaba esposado y le había quitado las llaves. ¿Cómo ha podido escapar?

—Ojalá lo supiéramos... También dijo el muchacho que alguien os atacó dentro de la masía y no tuvisteis más remedio que abatirlo, ¿verdad? Su cuerpo tampoco lo hemos encontrado. No hay sangre por ninguna parte, ni casquillos, ni nada. —El comisario Ferrer resopló con frustración—. La bala que te han extraído los médicos es la única prueba material que tenemos de lo que ha ocurrido en ese maldito lugar.

—No tiene ningún sentido lo que dices... A menos que hayan hecho una buena limpieza.

—¿Quiénes?

—El individuo que nos atacó era un siervo de Arabyssel, estoy segura. Quizá la secta no haya abandonado del todo la Masía Negra...

Laura volvió a apoyar la cabeza en la almohada y exhaló un suave quejido de malestar. Se encontraba muy débil, con dificultad para seguir hablando. Su cuerpo, que había sufrido sobremanera, le exigía reposo.

—Ya habrá tiempo para vuestras investigaciones —dijo su madre al comisario dando por terminada la conversación—. Ahora tiene que descansar y recuperarse de la operación.

Ferrer se disculpó y se dirigió hacia la puerta, pero un murmullo lo detuvo. Observó que Laura movía los labios mientras se dejaba llevar por el sueño. Alcanzó a oír una frase entrecortada, un susurro cargado de angustia: decía algo sobre una araña diabólica que trataba de arrastrarla a la oscuridad.

V

El ritual

Con la cabeza embotada, una sensación de malestar general y los ojos llenos de legañas, Antonio volvió en sí. Supuso que estaba en su casa, en su cama, sufriendo los efectos de una resaca. Las imágenes borrosas y perturbadoras que cruzaban su mente parecían fragmentos de un sueño inducido por el alcohol. Sintió náuseas y un dolor intenso en el cráneo, como si hubiera recibido un fuerte golpe. Quiso incorporarse, pero en ese momento notó el tacto duro y frío de la superficie sobre la que estaba acostado.

Abrió con dificultad los párpados legañosos y pudo ver que estaba sobre una mesa de piedra. Perplejo y alarmado, miró a su alrededor para averiguar dónde se encontraba. Era una estancia desconocida, sin ventanas, iluminada por varias antorchas que despedían una brillante luz violeta. En un rincón había cajones amontonados, repletos de libros y papeles que el tiempo había amarilleado, junto a pequeños objetos desconocidos. Se veían zonas desconchadas y con salitre en las paredes debido a una humedad persistente. Parecía el sótano de una casa antigua.

«¡La Masía Negra!», exclamó en silencio.

Comenzaron a llegarle recuerdos entrecortados: el niño al que debían encontrar, los pasillos lóbregos y polvorientos, el siervo de Arabyssel con aspecto de muerto viviente, aquella voz maligna en su cabeza... Sin embargo, tenía muchas lagunas mentales y todo le resultaba confuso. Ni siquiera sabía si aún se encontraba en la masía.

Entonces escuchó el eco de unos pasos acercándose. Un escalofrío de terror le recorrió la espalda mientras se imaginaba a merced de un asesino en serie. Bajó de la mesa con esfuerzo, pensando en esconderse, pero un mareo repentino lo hizo caer de rodillas al suelo. Al mirar su cuerpo tembloroso, se dio cuenta de que llevaba puesto únicamente un taparrabos largo de cuero y que su piel estaba cubierta con un pigmento blanco. Las dudas se multiplicaban en su cabeza.

Consiguió levantarse justo cuando la puerta se abrió con un chirrido. Permaneció inmóvil, con la mirada atenta y la respiración contenida.

Entraron en la estancia cinco individuos, cruzaron frente a Antonio y se situaron al fondo, sin pronunciar una sola palabra. Vestían túnicas largas de color negro y sobre sus cabezas llevaban tocados con plumas de estilo tribal. Cubrían sus rostros con máscaras inquietantes hechas de espejos negros, posiblemente de obsidiana, lo que les daba un aspecto perturbador. Los cinco se engalanaban con joyas relucientes de jade, oro, plata y turquesa.

Antonio observó con asombro a aquellas cinco figuras misteriosas que, bañadas por la luz violeta de las antorchas, parecían irreales.

—Soy... soy policía—. Fue lo primero que se le ocurrió decir.

No recibió respuesta, pero él insistió, sin poder evitar que la voz le temblase.

—¿Me entendéis? Soy un agente de policía. Seguro que mis compañeros, y también muchos guardias civiles, estarán buscándome en este momento por todas partes.

Uno de los individuos se adelantó con movimientos pausados. Era de baja estatura y poseía las joyas más opulentas, entre las que destacaba un lujoso pectoral de turquesa y oro con forma de araña. Parecía un príncipe de la antigüedad.

—Ya sabemos quién eres —afirmó el desconocido con una voz que sonaba inesperadamente infantil.

Antonio escuchó aquellas palabras con claridad; solo entonces tuvo la certeza de que estaba ante alguien real. Pensó que, al ser bastante más grande que el desconocido, no tendría muchas dificultades para reducirlo, pero fue incapaz de reaccionar. Sus músculos se negaban a obedecer.

—¿Y vosotros quiénes sois, eh? ¿Qué demonios está pasando?

—Después de tantos años obsesionado con nosotros, ya tendrías que saberlo, agente Antonio. Somos los Siervos de Arabyssel.

—¿Cómo? No puede ser. Ellos visten con taparrabos y capas.

—Necio, esos son los esclavos, quienes ocupan el nivel más bajo dentro de nuestra organización. Se encargan de trabajar y de vigilar. Nosotros, en cambio, somos sacerdotes.

El policía sufrió un sobresalto de horror al comprender la situación en la que se encontraba. Se había convertido en un prisionero de la secta que tanto odiaba y temía, a la que todos señalaban como responsable de los nueve vecinos desaparecidos. Adoradores de Satán, según afirmaban unos; practicantes perversos del vudú, según creían otros. Pero lo más alarmante era que la presencia de unos sacerdotes, junto a otros detalles inquietantes, parecía indicar que iba a ser objeto de un ritual.

—Haré lo que me pidáis, pero, por el amor de Dios, dejadme volver con mi familia —suplicó con angustia.

En ese momento, el sacerdote de baja estatura se quitó la máscara y reveló su identidad: era una niña de unos nueve años, una niña con los ojos de color violeta.

—¿Sofía? —exclamó Antonio, reconociendo a la niña que Laura le había descrito, la misma que había ido a la comisaría pidiendo ayuda para encontrar a Hugo—. Pero ¿qué pasa aquí? ¿Es algún tipo de broma?

Antes de responder, ella esbozó una leve sonrisa en su rostro de inocente apariencia.

—Yo soy la verdadera Sofía. La otra, la que parecía tan indefensa y miedosa, solo era una fachada para persuadir a tus compañeros. ¿Entiendes?

—No creo que ellos se dejasen engañar tan fácilmente.

—Tal vez, pero además de mi aspecto cándido, poseo ciertas habilidades psíquicas que me facilitaron el trabajo.

El policía notó en ella una sorprendente madurez: su mirada analítica y fría, su voz severa pese al tono infantil, su rostro de mejillas suaves desprovisto de toda compasión. Era una niña con la seriedad de una mujer que no muestra rastro alguno de debilidad.

—Mírate, tan asustado y patético —dijo Sofía con crueldad—. Y, sin embargo, quisiste matar a tu compañera.

—¿Qué? Eso es imposible, yo nunca...

Entonces recordó el instante en que golpeó a Laura con la porra, justo después de escuchar una voz maliciosa en su cabeza. Era un recuerdo confuso en el que perdía el control de sí mismo.

—El plan inicial era conseguir a Laura, pero se resistió como pocos lo han hecho. En cambio, tu mente es fácil de manipular; solo hay que tocar las teclas emocionales adecuadas. Por eso, nuestro Amo decidió que tú ocuparías su lugar... y te persuadió para que la matases.

—¿Lo hice? ¿La maté?

—No estoy segura. Se la llevaron moribunda y quedó fuera de nuestro alcance.

—¿Qué más queréis de mí? Ya he causado suficiente daño. Dejad que me marche, por favor, y no diré nada de esto, lo juro por Dios.

—Te unirás a nosotros. A partir de hoy, serás un siervo de Arabyssel.

—¡Eso nunca pasará! —El policía se aferró a la mesa, lleno de desesperación ante tal idea insoportable.

—Debes empezar a aceptarlo y despedirte de la vida que conoces, porque no hay nada que puedas hacer para evitarlo.

—Espera, espera... ¿Y si hacemos un trato? Tal vez podría manipular los informes policiales para que dejen de acusaros por las desapariciones. Conseguiré desviar la culpa hacia otros...

—Tienes dos alternativas: la conversión voluntaria o la obligatoria —explicó Sofía, ignorando por completo la propuesta de Antonio—. En la conversión obligatoria, serás un esclavo. No tendrás voluntad propia ni personalidad y tampoco podrás recordar tu pasado. Piensa en ese desgraciado al que dejasteis sin cabeza en la masía; antes era una persona normal. Quizá incluso lo conocías.

—Solo intentas asustarme, estoy seguro. ¡Pero ten claro que por nada del mundo me uniría a vuestra secta! ¡Prefiero la muerte!

—Ah, no soporto tanto parloteo inútil. Era mi deber darte la oportunidad de elegir antes de iniciar el ritual. —Sofía volvió a colocarse la máscara de espejos negros—. Si piensas que te estoy engañando, espera un momento y verás.

Regresó junto a los otros sacerdotes y los cinco comenzaron a susurrar palabras en un idioma extraño. Su tono reverente y repetitivo formaba un murmullo casi hipnótico. Era posible percibir cómo el ambiente se cargaba poco a poco de energía, esa energía densa y vibrante que se concentra justo antes de un desastre.

El policía se estremeció de pies a cabeza. El corazón le latía desbocado y el sudor le corría por la frente, arrastrando el pigmento blanco con el que habían pintado su cuerpo. Apenas le quedaba esperanza, pero en ese momento se dio cuenta de que los sacerdotes, absortos en sus oraciones, ya no le prestaban atención. Se volvió hacia la puerta, que habían dejado entreabierta, llenó sus pulmones de aire y se lanzó a correr en un intento desesperado por escapar. A los pocos pasos, sus piernas flaquearon y cayó al suelo.

Se sintió abrumado por una mezcla de impotencia y ansiedad.

—Nunca podrás huir de nosotros. Eres débil y patético —dijo la joven sacerdotisa, sin un atisbo de piedad—. ¡Ahora vuelve a la mesa! En breve tendrás el honor de estar ante Él.

Antonio se arrastró a gatas hasta la mesa de piedra y se apoyó en ella para levantarse. Odiaba con todas sus fuerzas a aquella niña demoníaca —era la culpable de todo—, pero nada podía hacer en su contra. Tenía la sensación de que unas cuerdas invisibles lo sujetaban.

Un cambio repentino se produjo en el ambiente cuando se apagaron los susurros de los sacerdotes. En un parpadeo, el aire se volvió gélido, calando hasta los huesos, y tan denso que los movimientos del cuerpo parecían ralentizados. Al mismo tiempo brotó un olor nauseabundo, el mismo que impregnaba el interior de la Masía Negra, similar al de cítricos en descomposición. Las llamas funéreas de las antorchas comenzaron a agitarse, como sacudidas por ráfagas de viento. Y entonces apareció una sombra inquietante proyectada en la pared. Era la silueta de algo grande y aterrador, con numerosas patas largas que se movían con lentitud. Tenía la forma inconfundible de una araña.

Incapaz de darse la vuelta, temiendo encontrarse cara a cara con el mismo diablo, Antonio se limitó a contemplar horrorizado la sombra. Observó cómo empezaba a cambiar, a encoger su cuerpo, a retraer su patas, adoptando poco a poco una forma humana.

—Te equivocas al pensar que este ritual es satánico —dijo Sofía, acercándose de nuevo al policía. Sus ojos violetas brillaban de emoción detrás de la máscara—. Nuestro Amo no es un demonio ni tiene nada que ver con tus creencias religiosas. Se trata de algo mucho peor... porque es real. En la Masía Negra lo visteis, aunque solo a través de las visiones que proyectaba en vuestras mentes. Es imposible pronunciar su verdadero nombre, pero nosotros, sus fieles y obedientes siervos, lo llamamos «Arabyssel», *el dios araña de los abismos.*

Antonio no respondió, ni siquiera se volvió hacia la niña; tan solo miraba aquella sombra con ojos desorbitados mientras su última chispa de esperanza se extinguía.

—No hay duda de que serás un simple esclavo —prosiguió Sofía—. Tal vez acabes reemplazando al que matasteis en la Masía Negra. ¿No te parece irónico? —Dio una palmada sobre la mesa con su mano pequeña—. Ahora quédate quieto. Si no quieres obedecer por las buenas, Él te obligará por las malas.

Tras comprobar que el veterano policía se había resignado por completo, la niña dio unos pasos atrás con satisfacción, pero su actitud cambió al dirigir la mirada hacia el fondo de la estancia. Su soberbia desapareció de golpe y su postura se volvió claramente servil, con los hombros caídos y la cabeza inclinada. Los demás sacerdotes reaccionaron igual, imitando su repentina sumisión.

Antonio comprendió que aquella criatura sobrenatural acababa de adoptar una presencia física. Se quedó totalmente inmóvil, con los músculos rígidos, aferrado a la mesa como si temiera ser arrastrado al infierno, mientras sentía un nudo apretándole la garganta.

Se le acercó una figura extraña, de la que emanaban un frío intenso y un hedor realmente insoportable. Tenía el aspecto de un humano, pero no lo era en absoluto. Estaba envuelto en una larga túnica negra, similar a la que llevaban los sacerdotes, con la diferencia de que la suya flotaba más que caía alrededor de su cuerpo, dándole una apariencia etérea. Había tomado la forma de un hombre alto y delgado, aunque sus rasgos faciales se veían incompletos y difusos, como si estuvieran en una fase temprana de desarrollo, a excepción de sus ojos: grandes, desproporcionados, de color amarillo intenso y sumamente aterradores.

Con voz apagada y temblorosa, Antonio empezó a repetir el Padrenuestro, concentrándose en cada palabra para contener los gritos de terror. No se atrevió a mirar al monstruo que estaba a su lado, pero podía sentirlo con una claridad espantosa. Era un mar de oscuridad, una sima profunda de desolación, una densa niebla de maldad; era un poder tenebroso y abrumador que se cernía sobre el alma, oprimiéndola con tal intensidad que la muerte llegaba a parecer un alivio deseable.

Arabyssel introdujo sus dedos largos y pálidos en el bolsillo de su túnica flotante, extrajo un pequeño saquito de tela y, con mucha precisión, dejó caer parte del contenido en la palma de la otra mano. Era un polvo de color verde oscuro, que parecía estar hecho de hojas trituradas. Para culminar aquel ritual, sopló el polvo hacia el rostro de Antonio, tan paralizado por el miedo que no pudo siquiera girar la cabeza.

—Dios mío, ayúdame... Dios mío —suplicó el policía mientras sus ojos se inyectaban en sangre. Poco a poco, sus pupilas se dilataron hasta convertirse en dos círculos negros.

Arabyssel se inclinó hacia su oído y, con la misma voz que usó para persuadirlo de matar a Laura, le susurró:

—A partir de ahora, yo seré tu dios...

Índice

Gracias por adentrarte en esta oscura historia. Si quieres saber más sobre *La Masía Negra* o sobre mí, puedes encontrarme en:
Instagram: @jesus_sotu
Y si te ha gustado el libro, te agradecería que dejases una reseña en Amazon o Lecturalia.